● 王 丽 主编 ● 王宝贞 主审 ●

高效复合塘
生态污水治理技术

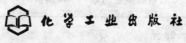

化学工业出版社

·北京·

本书全面系统地介绍了近20年来国内外在塘污水处理技术方面的发展，相关技术的进步、工艺的创新、观念的转变和有关理论的更新，介绍分析了国际先进的塘处理系统的特点和存在的问题。通过对已完成的正在运行的多个高效复合塘污水处理系统进行运行监测、运行研究，详细分析了高效复合塘系统的主要参数、主要生物种群特点，特征污染物的去除规律和最优化去除单元类型，分析了特征污染物去除机制和环境因素的影响，解决了塘系统的运行过程的有效控制。本书可供水处理及相关技术人员、管理人员等学习参考。

图书在版编目（CIP）数据

高效复合塘生态污水治理技术/王丽主编．—北京：
化学工业出版社，2010.7
ISBN 978-7-122-08636-5

Ⅰ．高⋯　Ⅱ．王⋯　Ⅲ．污水处理　Ⅳ．X703

中国版本图书馆 CIP 数据核字（2010）第 094094 号

责任编辑：董　琳　　　　　文字编辑：刘砚哲
责任校对：周梦华　　　　　装帧设计：关　飞

出版发行：化学工业出版社(北京市东城区青年湖南街 13 号　邮政编码 100011)
印　　装：北京市彩桥印刷有限责任公司
850mm×1168mm　1/32　印张 6　字数 137 千字
2010 年 8 月北京第 1 版第 1 次印刷

购书咨询：010-64518888(传真：010-64519686)
售后服务：010-64518899
网　　址：http://www.cip.com.cn
凡购买本书，如有缺损质量问题，本社销售中心负责调换。

定　　价：28.00 元

前 言

　　生命源于水，没有水就没有生命，没有清洁的水环境，就没有人类的健康、生命的持续发展和社会的进步。

　　目前，国内绝大多数湖泊和河流污染严重，急需短时期内迅速提高污水处理能力，但常规污水处理厂高昂的建设和运行费用阻碍了其在经济欠发达地区和小村镇的广泛推广和应用。而高效复合塘污水生态治理技术，通过对传统塘处理系统的强化和改良，完全解决了这个问题。高效复合塘污水生态治理系统与传统的污水二级生化处理工艺相比具有很多优点，如建设成本低，运行成本少，能耗低，极大地降低二氧化碳排放，管理简洁，出水具有一定的生物安全性等，生态环境效益显著并能美化环境，可以同步实现污水治理与污水资源化利用，经过改良后的高效复合塘污水生态治理系统，占地面积也比传统的塘系统大大减少，基本上是活性污泥法的占地面积的 3～4 倍，但是所占的土地面积基本上可以发挥其自然属性。塘污水处理技术代表了国内水处理研究的发展方向之一，是一种适合中国国情的处理技术，尤其能够满足土地资源丰富的村镇污水处理的迫切需求。

　　本书全面系统地介绍了近 20 年来国内外在塘污水处理技术方面的发展，相关技术的进步、工艺的创新、观念的转变和有关理论的更新，介绍分析了国际先进的塘处理系统的特点和存在的问题。通过对已完成的正在运行的多个高效复合塘污水处理系统进行运行监测、运行研究，详细分析了高效复合塘系统的主要参数、主要生物种群特点，特征污染物的去除规律和最优化去除单元类型，分析了特征污染物去除机制和环境因素的影响，解决了塘系统的运行过程的有效控制。

本书的目的是总结塘污水处理工程设计技术，归纳国内设计的高效复合塘处理工程的设计经验。针对传统塘系统占地面积大，停留时间长，处理效率低下的问题进行了工程创新设计，提出了高效复合塘生态治理技术。该技术中的高效塘系统的效率得到大幅度提高，由早期的传统塘停留时间30天，缩短为3~8天。占地面积更小，运行成本更低。尤其是塘和湿地组合的生态处理系统的运行成本可以控制在0.1元/吨。

希望本书的出版问世，能对我国的低能耗、低成本的污水处理技术有较大的指导作用，尤其是那些土地资源丰富的北方地区可以大幅度地推广使用这样的技术。

本书在资料的整理、编写过程中，得到了国内外许多专家和学者的积极参与和支持，王琳、蒋轶峰、彭剑峰参与了编写工作。由于编写时间及编者水平所限，书中尚有不妥之处，欢迎读者批评指正。

联系 E-mail：

王　丽：liwanghit@126.com

王宝贞：baozhen@public.hr.hl.cn

编者

2010 年 5 月

目　录

第 1 章

国内外水污染治理概述

1.1 国外水资源与水环境概况与发展趋势

随着经济的发展，人口的增加，生活水平的不断提高，世界范围的淡水资源的需求和消耗不断增多，相应的城市污水和工业废水的排放量也在不断增多。由于污水处理程度和处理设施的滞后，使全球淡水资源正面临两大问题：水环境污染和水资源短缺。这在一些国家和地区，尤其是发展中国家和地区，日益严重并有加剧的趋势。

在 20 世纪 60~70 年代曾发生过石油和能源危机，这种危机愈演愈烈，并最终引发了一些局部战争。通过新能源，如核能、太阳能和风能的开发和利用，一定程度上缓解了这一危机。同样地，淡水资源危机的日益加剧，不仅影响了人们的正常生活，甚至威胁了人们的生存，这也同样孕育着国家和地区之间的冲突和战争的威胁。

世界每年约有 65% 的水资源集中在不到 10 个国家中，而占世界总人口 40% 的 80 个国家却严重缺水。水源最丰富的地方是拉丁美洲和北美，而在非洲、亚洲、欧洲人均拥有的淡水资源就少得多。

中东是一个严重缺水的地区。其主要的水源是约旦河。与该河相关的国家有约旦、叙利亚、黎巴嫩、以色列和巴勒斯坦。这些国家几乎没有其他可以代替的水源。因此，缺水问题极为严重。自 1948 年以色列建国以来，在这个流域一直存在着极其严重的水资源争端。1967 年爆发的中东战争的一个直接因素就是阿拉伯联盟的成员国在 60 年代初，企图改变约旦河的河道，使之远离以色列引起的。当时的以色列总统列维宣称，水是以色列的生命，以色列将用行动来确保河水继续供给。于是以色列以武力占领了约旦河流域的大部分地区，使自己有了比较可靠的水源供应。

其实有关水资源的争端不仅仅发生在中东地区，在欧洲，曾发生过围绕多瑙河的政治争执。在南亚大陆，关于恒河水分配问题的分歧至今也未缓和。而在非洲，争夺尼罗河流域水的冲突更为激烈。该流域包括埃及、苏丹、埃塞俄比亚、肯尼亚等9个世界上干旱最严重的国家。如果上游国家用水增加，就会使埃及用水减少，并加剧干旱。

联合国确定了70处与水有关的冲突地区，从近东到西非，从拉丁美洲的干旱地带到印度次大陆；主要的冲突包括以色列与阿拉伯国家之间的争执；俄塞俄比亚与埃及对尼罗河的争执；印度与孟加拉国对恒河的争执；土耳其、叙利亚和伊拉克对幼发拉底河的争执等。

当水不是潜在的冲突起因时，它也可能引起大的外交问题，例如墨西哥抗议美国对科罗拉多河上游的污染，在某些情况下水甚至成为政客们的交易工具。

早在1977年各国就已经预感到这种全球性水危机的威胁，为此召开了联合国水会议，在会议上和此后，对这一问题的性质和危害程度，防止这一危机爆发应采取的措施有了越来越多的共识。在1998年8月份召开的"水与可持续发展"的会议上法国总统希拉克对代表们警告说"如果不尽快行动起来，下个世纪可能因水而引起战争"，在他的重点发言中说"水是生命的源泉，但也常常是冲突的起源"。1992年在爱尔兰首都都柏林召开的"水与环境"的会议上，重申了上次会议提出的一些原则，更加明确了共同面临的局面。同年在巴西里约热内卢召开的联合国"环境与发展"会议上也重点讨论了水的问题。1997年在联合国可持续发展委员会和联合国大会第十九次特别会议上，进一步强调紧急行动起来合理开发利用水资源、利用生态系统等途径保护好现有的水资源和将水资源纳入总的经济框架中的一系列的措施和计划。如利用市场机制采用价格和交易许可等方式控制水资源有效合理的分配。在联合国水资源管理战略措施专家组会议上指出："水是一种有限的脆弱的环境资源，是一种社会和经济物品。"马林·法尔肯马克（Malin Falkenmark）曾提出了一个衡量缺水状况的人均标准，即所谓水关卡。按照这一标准，每人每年应有可用淡水 $1000m^3$，低于这个标准，现代社会就会受到制约。用这个标准来衡量，目前许多国家都低于这个标准。如肯尼亚每人每年只有 $600m^3$，约旦仅有 $300m^3$，埃及仅有 $20m^3$。联合国认为到 2025 年，将有一大批国家年人均水量低于 $1000m^3$，其中科威特、利比亚、约旦、沙特、也门等缺水严重的国家人均年用水有可能低于 $100m^3$。有人估计到 2025 年，世界人口达到 83 亿时，人们可能耗尽所有的储备水。

在竞争使用者之间对有限的水资源的分配，对生态系统和国家经济的发展，包括就业收入的产生和分配有着根本的影响；对土地规划利用和人口在城市和乡村之间的迁移也有着深刻的影响。为此，应将保障人民基本水量的需要，与水资源的开发和分配的经济政策的制订和实施相结合。1998年在法国巴黎召开了国际水与可持续发展会议，明确指出：水资源是今后世界经济和社会可持续发展的关键因素之一，必须对水资源进行合理的开发和利用。

尽管联合国为了合理开发和利用水资源，召开了多次国际性会议，通过了有关的决议和声明，颁布了一系列的原则和措施，但收效甚微，尤其是国际河流水资源的合理开发、利用和保护困难重重，举步维艰。为了改变这种局面，联合国可持续发展委员会定期调查世界水资源的状况，并在第15 届会议上审查了"世界淡水资源的全面综合评价"，为世界水资源的合理开发和利用迈出了第一步。

世界上共有 215 条国际河流，占世界主要流域面积的

2/3，虽然大多数发达国家已建立了管理体系，但是水资源的分配仍然是主要的潜在冲突的起源。水资源越缺乏，潜在的冲突越大，潜在的问题往往是个观念问题，每个国家都把其水资源看成是可以在自己领土内自由开发的资源，当不考虑上游和下游国家的利益和团结时，就可能引发紧张的关系。

因此国际流域组织网（International Network of Basin Organisation，INBO）在巴黎会议的研讨会上建议中提出，几个相邻国家共享的水资源的管理，应该认识到这一点，即水没有国家和行政管理的界限，而且应当按相应的流域规模组织管理体系，如国际管理委员会，可成为国际河流流域可持续管理的途径和增强各该流域国家之间的合作。

和水资源管理密切相关的给水和排水设施建设，在发达国家和发展中国家和地区存在着巨大的差距，情况截然不同。在发达国家和地区，如北美、西欧，给水普及率为100%，拥有先进的给水处理和配水设施，可靠的饮用水水质，达到了安全生饮的程度；污水管道和处理系统普及率都在90%以上，以二级处理为主，为了防止受纳水体的富营养化，许多污水处理厂采用了去除磷、氮等营养物的处理工艺；积极开展污水回收与再用，根据回用的目标，采用相应的处理措施和进一步的净化工艺，如农田灌溉、浇洒绿地、高尔夫球场等；甚至在一些缺水地区，如美国的加州南部，二级处理出水经活性炭吸附过滤、反渗透等工艺回注入地下或地表水饮用水源中。

在发展中国家和地区，由于缺少必要的资金，不能建成完善的给水和排水设施；已建成的给水和排水设施，由于缺少必要的管理和运行费用，缺乏训练有素的管理和运行人员，无法正常运行，一些采用先进技术和设备给水和污水处理工艺，更是如此。有关资料表明，在发展中国家，约有

10 亿人没有给水设施，约 20 亿人没有排水和污水处理设施。只有很小一部分城市污水得到了处理，大部分未经任何处理的污水直接排入附近的受纳水体，严重污染了水源水，破坏了水环境。

饮用水源的污染和给水处理设施的落后，使各国人民饮用水合格率低，并引发了多种疾病，包括癌症。据瑞典首都斯德哥尔摩 2003 年 8 月 9 日召开一年一度的世界水资源大会公布的统计报告称，全球约有 14 亿人喝不到安全的饮用水，有 23 亿人没有起码的卫生条件，每天有 6000 名儿童死于卫生不良引起的疾病。即使在最发达的国家美国，也不能完全消除水传染疾病的发生，在 1920～1992 年这 70 多年间，共爆发水传染性疾病 1768 次，共有 472228 人得病，1091 人死亡。1993 年在威斯康星州，密尔沃基市（Milwaukee Wisconsin）爆发了有文件记载的最严重的由隐孢子虫引发的饮用水传染病，共有 40 多万人患病，4000 余人住院，122 人死亡。在发展中国家情况更加严重，每年由饮用污染水引起上亿人得腹泻病，有约 200 万儿童死亡；有约 2 亿人感染肠道病毒，有 2010 人死亡。1973 年首次发现旋转病毒（Rotavirus），它的爆发由供水受粪便污染或饮用水处理不好造成，主要引起病毒性感冒和肠炎。在美国在 1～4 年龄组中，估计有 100 多万由旋转病毒引发的严重腹泻，其中 150 人死亡。在世界上每年有 4.5 万人因此死亡。在发展中国家，由旋转病毒引发的儿童胃肠炎每年超过 1.25 亿人，其中 1800 万人为中等严重和严重病例。此外危害很大的病原菌——霍乱也一直困扰给水界，自从 18 世纪霍乱蔓延肆虐欧洲和北美以来，缺乏必要的卫生设施（下水道系统），人口增长，净化水技术有限等，经常大规模爆发。1995 年 6 月泛美卫生杂志报道，在美国 1076372 个霍乱病例中，有 10098 人死亡。

1.2 我国水资源与水环境基本状况

1.2.1 我国水资源基本情况

随着我国经济的迅速发展，人口的增加，人民生活水平的逐步提高，工业化和城市化步伐的加快，用水量急剧增加，污水排放量也相应增加，加剧了淡水资源的短缺和水环境的污染。

我国水资源的总储量平均每年达 28000 亿立方米，但人均水资源拥有量仅为 2240 立方米/年，为世界平均值的 1/4。并且水资源在时、空上的分布也不均匀，造成南多北少，东多西少的局面。在北部降水大部分集中在 6~9 月份，此期间的降水量占全年降水量的 70%~80%。缺乏生态保护意识，一些急功近利的做法严重破坏了森林和植被，破坏了生态系统，导致洪涝和干旱频繁发生。

城市严重缺水制约了经济的发展，影响了人民的正常生活。在 20 世纪 80 年代，全国缺水城市 236 座，缺水总量 $1200 \times 10^4 m^3/d$；90 年代初，缺水城市增加到 300 座，总缺水量为 $1600 \times 10^4 m^3/d$；预计 2000 年将有 450 座城市缺水，总缺水量将达 $2000 \times 10^4 m^3/d$。

我国水环境污染状况也相当严重，根据 1998 年中国环境状况公报，全国废水排放总量为 $395 \times 10^8 m^3$，化学耗氧量排放总量为 1499 万吨，分别比上年（1997 年）下降了 5% 和 14.7%。生活污水占废水排放总量的 49.1%，生活污水 COD 排放量占 COD 排放总量的 46.2%，均比上年有所增加。

我国主要水系长江、黄河、松花江、珠江、辽河、海河、淮河和太湖、巢湖及滇池的断面监测结果表明，36.9%

的河段达到或优于地面水环境质量Ⅲ级标准，其中Ⅰ类水质占 8.5%，Ⅱ类水质占 21.7%，Ⅲ类水质占 6.7%；63.1% 河段的水质为Ⅳ、Ⅴ或劣Ⅴ类，失去了作为饮用水源的功能，其中Ⅳ类水质河段占 18.3%，Ⅴ类水质占 7.1%，劣Ⅴ类水质占 37.7%。

1.2.2 七大水系水质污染状况

2005 年中国水环境公报显示 2005 年七大水系的 412 个水质监测断面，七大水系总体水质与 2004 年基本持平，并有一定的好转，珠江、长江水质较好，辽河、淮河、黄河、松花江水质较差，海河水质差。主要污染指标为氨氮、五日生化需氧量（BOD_5）、高锰酸盐指数和石油类。

(1) 长江 水系整体水质良好。与 2004 年同期相比，省界断面和三峡库区水质好转，干流水质优，无明显变化，主要污染指标是石油类、氨氮、溶解氧。整体水质类别为：Ⅰ～Ⅲ类水质断面占 86.3%；Ⅳ～Ⅴ类水质占 8.8%；劣Ⅴ类水质占 4.9%。

(2) 黄河 水系属于中度污染。水质与 2004 年同期持平。主要污染指标是石油类、氨氮和 BOD_5。无Ⅰ类水质，Ⅱ～Ⅲ类水质断面占 52.4%；Ⅳ～Ⅴ类水质占 21.4%；劣Ⅴ类水质占 26.2%。

(3) 珠江 水系总体水质良好。与 2004 年同期相比，水质整体无明显变化。主要污染指标是溶解氧、石油类。Ⅰ～Ⅲ类水质断面占 75.8%；Ⅳ～Ⅴ类水质占 21.2%；劣Ⅴ类水质占 3.0%。

(4) 松花江 水系呈中度污染。与 2004 年同期比较，水质略有下降。主要污染指标为高锰酸盐指数和石油类。Ⅱ～Ⅲ类占 17.5%；Ⅳ～Ⅴ类水质占 52.5%；劣Ⅴ类水质占 30.0%。

(5) 淮河 水体为中度污染。与规划目标相比，49个断面的达标率为 61.2%。与 2004 年同期相比，水质基本稳定。主要污染指标是 BOD_5、高锰酸盐指数和氨氮。Ⅰ～Ⅲ类占 24.7%；Ⅳ～Ⅴ类水质占 43.5%；劣Ⅴ类水质占 31.8%。

(6) 海河 水系属重度污染。与 2004 年同期相比，总体水质无明显变化。主要污染指标为高锰酸盐指数、BOD_5 和石油类。在监测的 37 条河流 56 个监测断面中，Ⅰ～Ⅲ类水质断面占 26.8%；Ⅳ～Ⅴ类水质占 25.0%；劣Ⅴ类水质占 48.2%。

(7) 辽河 水系轻度污染。与 2004 年同期相比水质有所好转。主要污染指标为 BOD_5、氨氮和石油类。在监测的 12 条河流 37 个断面中，Ⅱ～Ⅲ类水质断面占 43.2%，Ⅳ～Ⅴ类占 43.2%；劣Ⅴ类占 13.5%。

2005 年中国七大水系污染情况见表 1-1。

表 1-1　2005 年中国七大水系污染情况一览表

项目		长江	黄河	珠江	淮河	海河	辽河	松花江
地面水质标准	Ⅰ类	4	0	29	0	5	4.5	0
	Ⅱ类	67	24	36	11	19	2.3	0
	Ⅲ类	4	5	7	17	4	4.5	4
	Ⅳ类	11	47	22	18	10	22.7	67
	Ⅴ类	10	12	2	6	9	2	21
	劣Ⅴ类	4	12	4	48	53	61.4	8
主要污染物		悬浮物 BOD_5 石油类 氨氮	悬浮物 高锰酸钾指数 石油类 氨氮	石油类 悬浮物 氨氮 BOD_5	高锰酸钾指数 BOD_5 石油类	石油类 高锰酸钾指数 挥发酚 氨氮	氨氮 高锰酸钾指数 挥发酚	高锰酸盐指数 石油类 BOD_5 挥发酚

水质报告表明，与 2004 年同期相比，南水北调东线水质无明显变化，中线源头丹江口水库的总体水质为Ⅳ类，属于贫营养。

水库水质好于湖泊。监测的 26 个重点湖库，水库水质好于湖泊，富营养化程度轻于湖泊。从 26 个重点湖库的水质状况来看，水库水质好于湖泊，富营养化程度轻于湖泊。主要污染指标是总氮和总磷。在 20 个湖库中，太湖、滇池、巢湖、达赉湖、洞庭湖、镜泊湖、东湖为中度富营养，南四湖、洪泽湖、西湖、大明湖、玄武湖为轻度富营养，洱海、大伙房水库、董铺水库、崂山水库、门楼水库、于桥水库为中营养，千岛湖和丹江口水库为贫营养。满足Ⅱ～Ⅲ类水质的湖库有 7 个，占 26.9%；Ⅳ～Ⅴ类水质湖库有 9 个，占 34.6%；劣Ⅴ类水质湖库有 10 个，占 38.5%。

(1) 太湖　共监测国控点位 109 个，其中湖体 21 个，环湖河流 88 个。与 2004 年同期相比，太湖湖体水质无明显变化，主要污染指标为总氮。富营养状态评价表明，全湖平均处于中度富营养。

(2) 滇池　滇池属重度污染，其中草海污染程度重于外海，草海水质为劣Ⅴ类，重度富营养；外海高锰酸盐指数达到Ⅲ类水质，外海处于中度富营养状态。主要污染指标为总磷、总氮。

(3) 巢湖　高锰酸盐指数达Ⅲ类水质要求，总氮、总磷严重超标。巢湖湖体为劣Ⅴ类水质。巢湖西半湖污染程度明显重于东半湖。富营养化评价表明，巢湖西半湖处于中度富营养状态，东半湖处于轻度富营养状态，全湖平均为中度富营养。

2005 年还监测了 8 个大型淡水湖泊，其中兴凯湖水质为Ⅱ类，洱海、镜泊湖水质为Ⅲ类，洞庭湖水质为Ⅳ类，南四湖水质为Ⅴ类，白洋淀、洪泽湖和达赉湖水质为劣Ⅴ类。富营养化评价表明，洱海为中营养，南四湖、洪泽湖为轻度富营养，达赉湖、洞庭湖和镜泊湖为中度富营养。各湖主要污染指标是总氮、总磷、高锰酸盐指数等。

在接受监测的 5 个城市内湖中，东湖和大明湖为劣 V 类水质，昆明湖和玄武湖水质为 V 类，西湖水质为 IV 类；东湖为中度富营养，西湖、玄武湖和大明湖均为轻度富营养。

对 10 个大型水库的水质监测表明，主要污染指标为总氮，富营养化程度较轻。其中，石门水库、密云水库水质为 II 类，董铺水库、千岛湖水库水质为 III 类，丹江口水库、崂山水库、于桥水库水质为 IV 类，松花湖水库为 V 类水质，大伙房水库、门楼水库水质为劣 V 类。数据齐全的 7 个水库中千岛湖和丹江口水库为贫营养，其他 5 个水库均为中营养。

1.2.3 近海污染

我国既是陆地大国，也是海洋大国。我国拥有 18000 多公里的大陆岸线，14000 多公里的岛屿岸线，6500 多个岛屿，拥有约 300 万平方公里的管辖海域。防治海洋污染和生态破坏，维护海洋生态系统的良性循环是我国环境保护工作的重要内容。但我国海洋现状并不乐观。赤潮的出现越来越频繁。

海洋浮游藻是引发赤潮的主要生物，在全世界 4000 多种海洋浮游藻中有 260 多种能形成赤潮，其中有 70 多种能产生毒素。赤潮藻中的"藻毒素"在贝类和鱼类的身体里累积，人类误食以后轻则中毒，重则死亡，因此人们又将赤潮毒素称为"贝类毒素"。目前确定有 10 余种贝毒毒性比眼镜蛇毒素高 80 倍，比一般的麻醉剂，如普鲁卡因、可卡因强 10 万多倍。自 20 世纪 60 年代以来，我国不断发现因误食有毒贝类导致的中毒事件。2002 年，福建宁德、青田、罗源等地先后有 50 多人因食用甲锥螺中毒，其中 3 人死亡。

2002 年，我国海域共发现赤潮 29 起，在东海发生的赤潮次数和面积明显增加，5 月中旬的赤潮面积超过了 5800 平方公里，属特大型赤潮。2001 年，赤潮发生次数增多、发生时间提前、影响范围扩大。全年共发现赤潮 77 次，累计面积 15000 平方公里。2002 年，共发现赤潮 79 次，累计面积超过 10000 平方公里。赤潮造成的灾害损失显著降低，但有毒赤潮的发现次数略有增加。2003 年，共发现赤潮 119 次，累计面积约 14550 平方公里。

造成赤潮发生原因多种多样，海水富营养化是赤潮发生的物质基础和重要条件。随着现代化工农业生产的迅猛发展，沿海地区人口的增多，大量工农业废水和生活污水排入海洋，其中相当一部分未经任何处理，导致近海、港湾富营养化程度日趋严重。同时，由于海水养殖业的扩大，也带来了海洋生态环境和养殖业自身污染的问题。

1.3 污水处理设施

我国污水处理设施落后，污水处理率低，是造成我国水环境污染的主要原因之一。我国城市供水设施的建设比排水设施先进得多，到 2004 年底，全国共有城市污水集中处理厂 708 座，设计处理能力 $4912 \times 10^4 \mathrm{m^3/d}$；其中二级以上污水处理厂 598 座，设计处理能力 $3766 \mathrm{m^3/d}$，二级处理能力占总处理能力的 76.7%。但各地发展很不平衡，截至 2005 年 6 月底，全国 31 个省（自治区、直辖市）中还有 297 个城市没有建成污水处理厂。

污水处理厂运行状况分析。2005 年全国城市污水处理厂的设计能力利用率（运行负荷）不到 65%，虽然比 2001 年提高了 5 个百分点，但总体上仍有 35% 以上的设施量未能得到利用。造成这一状况的主要原因为：①污水收集管网的建设滞后；②规划建设时未充分调查并合理预测污水量；③水价提高、城市建设布局调整等原因导致规划范围内的用水量下降；④污水处理费收费水平或收缴率过低；由于目前仅有部分城市征收"排水设施有偿使用费"或"污水处理费"，而且收费额低于污水处理成本，城市污水处理厂所需费用主要靠政府财政支持，由于资金不足，使一些已建成的污水处理厂难以维持正常运行；⑤建设质量或运行维护方面存在问题；⑥少数城市对污水处理工作重视不够，致使已建成的污水处理厂未投入运行。

因此，研发和推广高效低耗更适合中国国情的污水处理工艺势在必行，任重而道远。

在水污染治理工程技术发展的过程中，为了适应不断出现的污染问题，满足环境保护的要求，就要采用相应的处理方法。污水处理技术伴随着社会的需求在不断地发展、改善和进步。从最初、简单的沉淀工艺和最原始的生物滤池（滴滤池），发展到活性污泥法和生物膜法。在现代的处理工艺中，又将这些工艺进行了不断的改进、革新和创新，形成了现代污水处理新工艺的基本单元，即包括采用物理、化学和（或）生物反应的方法去除污染物的工艺单元，通常采用这些工艺的组合，以实现强化一级处理、强化二级处理（去除营养物）和深度处理（如三级处理），包括能够生产直接饮用水的以高级氧化与膜分离技术为主体工艺的污水高级回收处理技术，以及对传统的高效复合塘生态工艺进行强化改造进而形成更为高效复合的高效复合塘生态处理工艺。

1.4　生态技术

污水处理生态系统是利用水生生态系统（由分解者生物细菌和真菌、生产者生物藻类和其他水生植物和消费者生物——原生动物、后生动物、鱼、鸭、鹅等构成的食物链）对污水进行处理的工程设施。这种污水处理系统具有基建投资和运转费用低，维护和维修简单，便于操作，运行稳定可靠，能有效地去除污水中的有机物、氮、磷等营养物、难降解有机化合物和病原体，底部带有污泥发酵坑的厌氧塘或兼性塘等前置塘的塘系统，为无污泥产生和排放系统，无需污泥处理等优点，是实现经济欠发达地区污水处理迅速发展，实施污水资源化利用的有效方法，因而高效复合塘生态处理系统处理工艺是近年来我国着力推广的一项经济、节能高效的污水处理技术。

有记载的塘处理系统工艺最早出现在 1901 年，修建于美国得克萨斯州的圣安东尼奥市；而欧洲最早的高效复合塘生态处理系统于 1920 年出现在德国巴伐利亚州的慕尼黑市，该市将一级处理后的污水稀释后引入养鱼塘进行处理。其后的一段时间，高负荷处理技术的迅速发展以及塘处理系统占地面积较大、异味明显等因素导致该项技术的发展几乎处于停滞状态。

近三四十年，受全球能源危机的影响，高效复合塘生态处理系统建设费用和运行成本较低的优势逐渐凸显出来，通过各国研究者对此工艺的不断完善，高效复合塘生态处理系统技术再次取得长足发展，出现了多种形式和功能的高效复合塘生态处理系统。这些高效复合塘生态处理系统在实际应用中可以针对环境和水质的变化，优化搭配，使之能够处理多种污水。目前，高效复合塘生态处理工艺在国际上广泛应用，其中美国有 11000 多座塘处理系统，德国有 3000 多座塘生态处理系统，法国也有 3000 多座塘生态处理系统；在俄罗斯，塘生态处理系统已成为小城镇污水处理的主要方法。

我国塘生态处理系统污水处理技术的研究始于 20 世纪50 年代，自 60 年代起，陆续建成了一批塘生态处理系统污水处理系统。80～90 年代是我国污水处理塘系统迅速发展的时期，国家环保局主持了被定为国家"七五"和"八五"

科技攻关项目的氧化塘技术研究，在塘生态处理系统的生物强化处理机理、设施运行规律、设计优化等方面取得了许多有价值的研究成果，开发出复合塘系统、高效塘系统、塘和土地复合生态系统；哈尔滨工业大学水污染治理中心在污水处理与生态利用方面进行了较多研究，首次提出污水生态处理与利用系统（ecological wastewater treatment and utilization system，EWTUS）和高效复合塘生态的概念，并将其研究成果广泛应用于城镇污水处理。目前，国内分散存在着大量高效复合塘生态处理系统处理工艺，它们被广泛应用于城市生活污水处理，以及石油、化工、纺织、皮革、食品、制糖、造纸等工业废水，对各种废水都表现出优异的处理效果。塘污水处理系统的巨大优势表现如下。

(1) 运行和维护费低廉

在美国 EPA 基建拨款计划初期，采用稳定塘系统或土地处理与利用系统来取代失败的腐化池地下排放系统。但是最近的经验证明，改进和完善有缺点的腐化池系统，采用稳定塘系统或土地处理与利用系统更为经济，而且也能有效地保护环境。近年来我国一些中小城市修建的污水净化塘运行结果表明，设计、施工和运行、维护良好的塘系统，其出水水质（SS、BOD、COD 等）接近或达到常规二级处理出水水质；对于水生植物塘、养鱼塘等生物或生态净化塘，其去除氮、磷等营养物和去除细菌等都远高于常规二级处理，达到了部分三级处理的效果。而塘系统的基建费单价为 $100 \sim 200$ 元/$(m^3 \cdot d)$（包括简易的一级处理设施），仅为常规二级处理厂基建单价的 $1/5 \sim 1/3$，而其运行和维护费单价都小于 1 分/m^3 污水，仅为常规二级处理运行和维护费单价的 $1/20 \sim 1/10$。种植水生植物、作物、养鱼、养鸭、鹅等生物或高效复合塘生态，在正常条件下其可观的经济收入不仅能支付全部运转和维护费用，而且还有盈余。

以长沙市污水养鱼净化塘的经验为例，每处理和利用 1m³ 污水，由养鱼而获得的纯收益为 0.03～0.05 元。

(2) 运行稳定可靠

常规生物处理系统，如活性污泥法系统，由于水力停留时间短，容积小以及只依靠少数几种好氧菌群落对污水中的有机物进行降解净化对水量和水质的变化特别是对有毒物质的冲击负荷相当敏感，工作不够稳定，使出水水质波动较大。例如美国石油化工和有机化工废水活性污泥法系统的出水 BOD_5 和 COD 值的日最大变动比率分别为 2.8～18.9 和 1.8～8.7，而处理同类废水的稳定塘系统的相应值分别为 1.8～3.1 和 1.4～2.5。由预处理、储存塘和灌溉田组成的土地处理系统，其出水水质更为稳定。

(3) 工程简单易行

稳定塘和土地处理系统，大都是土石方工程，施工简便、容易，而且建费低廉。它们的运行和维护都是简易方便的，因而节省人力，我国 (5～10) 万吨/日的二级污水处理厂，一般需要 100～150 人的编制，而相同规模的塘系统只需要运转和维护人员 10～20 人，例如，日处理能力（10～20）万吨/日的鸭儿湖氧化塘系统现有维护人员 3 人。而处理能力 12 万吨/日的齐齐哈尔氧化塘实际上没有一个固定编制的维护人员，在其 20 多年的自运行中一直保持了良好的净化效能，大大减轻了其受纳水体嫩江的污染，这对常规处理厂来说是难以想象的。

(4) 节省能耗和实现资源化

氧化塘中的污泥或植物（如从水生植物塘中捞出的水葫芦）经厌氧消化可产生沼气，这是一种有效的能源，在我国农村已获得广泛的应用。

另外，污泥与植物（来自水生植物净化塘）混合堆肥可生产出高质量的土壤改良剂，它们施用于农田之后能改善土壤结构，增加土壤的肥力。而且出售堆肥所得的经济收入能显著减少运行费用。

我国污水灌溉农田面积达 2000 余万亩以上，污水已成为北方干旱和严重缺水地区农田灌溉的重要水源之一。污水灌溉实践证明，经适当处理的生活污水和有机废水灌溉农田具有明显的作物增产效果，据统计平均每灌溉 $1m^3$ 生活污水，可使小麦增产 0.6kg。

我国污水净化-养鱼塘，不仅有很好的环境效益，而且有很大的经济效益。污水中的营养物在太阳能的作用下转化为浮游生物，供作鱼类的饵料，促进鱼类的生长，使鱼产大幅度增加。以长沙市污水养鱼的经验为例，清水养鱼产量为50～100kg/亩，污水养鱼产量增至 300～400kg/亩水面。由于污水养鱼的经济收益比相同面积的稻田或麦田大得多，致使近年来不少城市郊区的农民挖田为塘引污水养鱼。

1.4.1 塘生态处理系统发展现状

传统的塘生态处理系统为菌-藻共生体系，在该类处理系统中仅存在生产者和分解者两类生物，而没有消费者，这常导致藻类和微生物大量存在于出水中从而引起受纳水体的二次污染。此外，常规的塘生态处理系统工艺还存在氮、磷去除率低，占地面积大，散发臭味等问题。为解决这类问题，在对塘生态处理系统处理机制和污染物去除过程科学认识的基础上，近 20 年来发展出了许多新型高效复合塘生态处理系统及其组合工艺。

(1) 新型高效复合塘生态处理系统

新型塘技术主要针对传统塘生态处理系统出现的问题进行完善，通过提高微生物、藻类和水生植物的生物量或完善运行条件，来直接或间接强化系统对 N、P 和有机物的去除效果。目前，有以下几个代表发展方向。

① 强化微生物生物量

传统的高效复合塘生态处理系统即使在 DO 充足的条件下，硝化和有机物的降解速率也远低于常规处理工艺，其主要原因在于塘生态处理系统水体内微生物密度低，微生物绝大部分集中于底泥表层和岸壁处，因而强化提高塘生态处理系统处理效果，提高微生物的生物量就成为人们的研究目标之一。人工介质塘就是通过在塘生态处理系统内悬挂比表面积较大的人工介质（如纤维填料），为藻菌提供固着生长场所，提高其生物量来加速塘内污染物的去除速率，从而改善塘的出水水质。

② 强化藻类生物量

提高塘生态处理系统内藻类生物量不仅可以提高水体内 DO 水平，强化 N、P 去除效果，还可通过提供微生物生长所需的载体来提高微生物数量。目前强化藻类生长的高效复合塘生态处理系统代表形式为高效藻类塘（high rate algae pond），它是美国加州大学伯克利分校的 W. J. Oswald 教授提出并发展的。该系统通常具有一个缓慢搅拌的低能耗桨板轮，它使水体维持最佳流速约 15cm/s，并能保证藻类和细菌絮体分别悬浮在塘上部和塘的底部。这种线性混合有助于抗捕食的藻种处于再悬浮和再增殖状态，这不仅能够增强水体中藻类光合产氧速率，降低机械曝气电耗，还可防止塘中的藻类被捕食生物破坏；而细菌在塘底部悬浮也可避免在 pH 值较高的 HRP 表层水体中细菌增殖受到抑制。在高效藻类塘内有着比一般塘生态处理系统更加丰富多样的生物相，对有机物、氨氮和磷有着良好的去除效果，从而大大减少占地面积。

我们研究开发的装填有复合填料或合成纤维纺织物辫带式软性填料的生物膜载体的强化藻菌共生系统塘，藻类和细菌主要以附着形式生存，呈悬浮状态的数量很少，使得塘水澄清，透明度良好，附着生长的藻类能进行良好的光合作用，由此产生充足的溶解氧，有时达到过饱和状态，DO≥15mg/L，可供好氧菌对有机物进行高效的降解与同化。通过放养适量的草食和杂食性鱼类，能有效地保持生物膜中藻类、细菌、原生动物和后生动物数量的动态平衡，能稳定和高效地净化污水。

③ 强化水生植物生物量

水生植物不仅能够大量吸收水体中的 N、P，还可降低出水藻类含量并提高塘内微生物生物量，富集去除水体中的有机毒物及微量重金属，因而成为目前高效复合塘生态处理系统研究中的热点内容之一。近几年，关于水生植物塘的报道和研究逐渐增多，应用于处理污水的水生植物种类也明显增长，目前大量采用的有水葫芦、水莲、水花生、美国竹苇和宽叶香蒲，而浮萍和芦苇等高产量水生植物更是人们的研究热点。

④ 强化藻类去除

生态处理系统出水中藻类生物量通常较高，当藻类大量进入受纳水体，常会导致"水华"现象，并引起二次污染。目前常采用在高效复合塘生态处理系统出水单元内种植浮叶植物（如浮萍），通过浮叶植物对藻类生长的抑制作用来控制出水藻类含量。此外，在高效复合塘生态处理系统出口处设置微孔过滤装置、溶气上浮或砂滤层也是有效控制出水藻类的途径，但藻类去除成本较高。

我们的研究证明，在塘中装填生物膜载体填料促使藻类辅佐生长在填料表面，能有效地控制呈悬浮状态的藻类数量以及出水 SS 含量过高。运行起来要比混凝沉淀、混凝上浮和过滤等方法除藻要简易和方便得多。

⑤ 高负荷塘

针对处理高浓度有机废水造成的塘生态处理系统占地面

积大、臭味明显等问题，英国 Mara 等研究了超深厌氧塘。这种塘生态处理系统深达 15m，具有 BOD_5 负荷大，占地面积小，受温度影响小等优点。此外，该工艺还可以运行超过 25 年而不需清淤排泥，具有底泥消化完全的优点。

（2）新型高效复合塘生态处理系统工艺

高效复合塘生态处理系统组合工艺是指各类不同类型塘生态处理系统之间的组合，通过这种组合有助于发挥各种单元的特定去除优势，协同去除多种污染物。目前主要存在 3 种代表性的塘生态处理系统组合工艺。

① 多级串联塘

串联塘生态处理系统是国外采用较早的一种塘生态处理系统设计方式。Mara 和 L. G. Rich 等人对单塘的示踪试验显示，单塘结构的塘生态处理系统短路现象严重，存在较多死水区，而将单塘改造为多塘的形式，水体的流态更接近于推流状态，单位容积的处理效率明显升高。其次，从微生物的生态结构看，多级串联的塘生态处理系统有助于污水的逐级递变，减少了返混现象，污染物处理效果更加稳定。由于分级后各处理单元水环境差异明显，不同的水质适合不同类型的微生物生长，这就会在各处理单元中产生不同的微生物优势种属，因而能够提高微生物的净化效率。因此，采用串联塘生态处理系统工艺能够较单塘系统明显降低出水病原菌的浓度，BOD、COD、氮和磷的去除率也明显升高。在多级串联塘中确定合适的串联级数，考虑分隔效应，找到最佳的容积分配比尤其重要。典型的串联方式如"厌-兼-好"组合塘工艺，可比"兼-好"塘系统节省占地 40%。

② 高效组合塘系统

常规高效塘生态处理系统通常由厌氧塘、兼性塘、好氧塘等不同形式的单元串联而成，这种组合常存在出水藻类含量高，占地面积大等问题。针对这种情况，W. J. Oswald

教授研发出高效组合塘系统（advanced integrated ponds systems，AIPS）。这种系统主要由高级兼性塘、高负荷藻塘、藻类沉淀塘和熟化塘组成，每个单元塘为达到预期目标而专门设计，塘系统的选择必须符合现场的特定设计目标。二级处理可以由位于最前的高级兼性塘及后面的高负荷藻塘完成；营养物的去除及生物回收由各塘间的优化组合实现。这种工艺存在基建和运行费用低，能去除藻类、占地面积小、臭味低等优势，能够适用于城市、农业和工业废水。AIPS对污染物的去除效果较好，其对生活污水的去除率可达BOD$_5$ 95%～97%、COD$_{Cr}$ 90%～95%、TN 94%、TP 67%、大肠菌群最大可能数 99.999%（或 5log 去除率），超过一般的二级污水处理厂。

③ 高效复合塘生态系统

根据实际生产运行中出现的高效复合塘生态处理系统，出水中藻类等生产者含量过高等问题，哈尔滨工业大学王宝贞教授首次提出了高效复合塘生态（Eco-pond）工艺，这种工艺是以生态学的原理为指导思想，将生态系统结构及其功能的理论应用于污水处理而研发的新型高效复合塘生态处理系统，其典型处理流程如图 1-1 所示。

图 1-1　高效复合塘生态系统的典型处理流程

高效复合塘生态主要通过种植水生植物，放养鱼、虾、蟹、鸭、鹅等，在塘内形成多条食物链，并由此与塘本身构成完整的人工生态系统，在日光辐照的太阳能为初始能源的推动下，通过分解者（细菌和真菌）、生产者（藻类和其他水生植物）和消费者（原生动物、后生动物、鱼、虾、贝、水禽等）之间的物质转化和能量传递，实现污水中的有机污染物和营养物在食物链中最大限度的降解、同化和去除。此外，在高效复合塘生态处理系统中还可以以水生作物、水产和水禽等形式回收利用资源，实现了污水的资源化；净化后的污水也可作为水资源予以回用。

1.4.2 高效复合塘生态处理系统研究发展现状

（1）有机物去除研究

在高效复合塘生态处理系统中有机物主要通过微生物降解、有机物吸附、有机颗粒的沉降和截滤作用去除，其中异养菌的氧化降解作用对有机物的去除贡献最大。高效复合塘生态处理系统对 BOD_5 的去除率通常较高，H. E. Maynard 的调查资料显示即使在三级处理塘中，BOD_5 的去除率也常高达80%，而在整个塘系统中 BOD_5 的去除更常高达90%以上。然而，高温期在多级塘系统内常出现 BOD_5 先降低再升高的现象。Mara 的研究显示高效复合塘生态系统 BOD_5 含量的增长有 50%~90% 是由藻类的生长引起；Mayo 的研究也发现在三级处理塘中出水 BOD_5 增幅高达 160%~240%，且 BOD_5 含量的升高与水体内藻类等有机颗粒的增长具有较高的相关性，因而他也认为 BOD_5 的升高主要是受藻类释放有机物的影响。但目前有关藻类生长对高效复合塘生态处理系统内 BOD_5 变化贡献的报道相对较少，因而藻类对有机物变化过程的具体影响不能确定。

（2）氮去除研究

在高效复合塘生态处理系统中，人们普遍接收硝化/反硝化、水生植物吸收、NH_3 挥发（尤其是在曝气塘中，挥发是氨氮的主要去除机理）这3个过程为 TN 的主要去除机制。但由于随温度、pH 等环境因子变化，这3个去除机制的变化规律相接近，较难确定何种去除机制在 TN 的去除过程中起决定性作用，因而目前对塘系统中 TN 的主导去除机制仍存在较多分歧。

由于高效复合塘生态处理系统内缺乏微生物生长所需的基质且 NO_3^- 浓度偏低，以往研究认为硝化/反硝化对 TN 的去除贡献较低，因而绝大部分对 TN 去除过程的研究集中于 NH_3 挥发和水生植物吸收/沉降机制两方面。Muttamara 和 Puetpaiboon 研究显示尽管挥发速率相对较低，但在 HRT 较长的高效复合塘生态处理系统内氨氮挥发作用仍是 TN 的主要去除方式。Soares 等人的研究显示高温期高效复合塘生态处理系统水体表面 pH 值常高达 10 以上，NH_3 挥发速率迅速升高，NH_3 的挥发在 TN 去除中占主导地位；更有研究认为即使在 pH7～8 和低温条件下，NH_3 的挥发也是 TN 的主要去除方式。Reddy 于 1983 年进行的示踪（$^{15}NH_4^+$）试验进一步证明有 53% 的 NH_3 能通过挥发的方式去除。

但近年来，随着对 NH_3 挥发速率的测定成为可能，越来越多的研究者对挥发作用持否定态度，而更认同 NH_3 的去除主要来源于有机氮沉降和硝化作用。O. R. Zimmo 的测定显示 NH_3 的挥发速率为 $6.4～37.4mg/(m^2 \cdot d)$，对 NH_3 的去除贡献不超过 1.5%，在藻类塘和浮萍塘中水生植物吸收/沉降和生物硝化/反硝化才是 TN 的主要去除机制。M. A. Senzia 的模拟研究也显示有机氮沉降、硝化/反硝化和挥发对 NH_3 的去除贡献分别高达 9.7%、4.1%、0.1%，有机氮沉降在氮的去除中占主导地位。但目前对高效复合塘生态处理系统内 NH_3 具体主导去除机制仍尚无定论。例如，J. H. Timothy 利用等高线绘图法确定氮主要通过硝化/反硝化作用去除；而 Ferrara 和 Avci 认为 TN 的主要去除途径为生物吸收和有机氮沉降。

（3）磷去除研究

在塘处理系统中，磷的去除涉及底泥对 PO_4^{3-} 的吸附/解吸、有机磷氨化、磷的扩散、水生植物吸收等多种机制的共同作用，一般研究认为水生植物及底泥类型对磷去除过程影响较大，但对系统中磷的主导去除机制是生物吸收还是化学沉降存在较多分歧。

Pearson 和 Mara 认为在塘处理系统中 P 的去除率通常随植物生物量的增长而升高，因而生物塘处理系统内水生植物吸收和以生物体形式进行沉降是 P 的主要去除方式；而 Tom 等研究认为尽管生物量与 P 去除率之间具有较好的相关性，但超过 80% 的磷却是以羟基磷灰石 $[Ca_5OH(PO_4)_3]$ 沉淀的形式去除。此外，研究普遍认为在底泥对磷的吸收/释放过程中好氧底泥对磷的吸收能力明显大于厌氧底泥的吸收能力。Houng 和 Gloyna 的试验也显示厌氧和兼性塘中底泥对磷的释放速率是好氧塘释放速率的 25～50 倍，因而增加系统串联单元数量，提高系统后端底泥的氧化性，应能提高系统对 P 的去除率。

1.4.3 高效复合塘生态处理系统发展趋势

针对高效复合塘生态处理系统工艺目前存在的不足，应从节约占地、提高处理效率上进行革新，使高效复合塘生态处理系统技术越来越成为一种实用高效的污水处理工艺。未来的高效复合塘生态处理系统污水处理技术将会有以下特点。

（1）形式多样化

随着对高效复合塘生态处理系统内污染物去除过程和变化机制的深入研究，各种具有强化去除功能的高效复合塘生态处理系统技术会不断涌现，此外高效复合塘生态处理系统组合工艺理论也会更加完善。因而，在高效复合塘生态处理系统建设中不会简单地套用某种已有的"厌-兼-好"处理工艺，而会根据实际污水水质和环境因素，提出针对性的处理工艺和单元形式，这就产生了千差万别的高效复合塘生态处理系统处理形式。

(2) 规模小型化

高效复合塘生态处理系统处理技术过去主要应用于城市生活污水处理，因而系统设计规模大，面积常高达上百公顷。而未来高效复合塘生态处理系统应主要侧重于小城市及农村生活污水处理以及农业面源治理，受水量以及服务面积限制，未来高效复合塘生态处理系统的发展规模应倾向于小型化。在美国，这种小型化的高效复合塘生态处理系统应用广泛，它们是村镇级污水处理的主要工艺，面积常仅有几千平方米。

(3) 处理高效化

减少土地使用面积，提高系统处理效率一直是高效复合塘生态处理系统研究的主要目的。目前对高效复合塘生态处理系统效率的提高主要集中于提高微生物、藻类、水生植物的生物量和完善单元流态。而随分子生物学在环境领域的广泛应用，高效工程菌、基因改造植物的大量应用可能进一步提高高效复合塘生态处理系统对污染物的去除效率。此外，考虑到当前国内水体的污染状况以及高效复合塘生态处理系统的处理能力，高效复合塘生态处理系统处理效率的提高应侧重于氮和磷的有效去除。

(4) 工艺生态化

自从人们认识到串联塘的优越性之后，各种组合塘工艺应运而生。先是普通塘之间的组合，接着又出现了高级组合塘系统，现在生态综合塘又逐渐兴起。高效复合塘生态是一个复杂的系统，它不仅包括单元形式间的优化组合、处理能力的强化以及污水的综合利用等工艺方面内容，还包括细菌、藻类和浮游生物的季节分布等生态方面的内容。人们只有重视采用系统科学的分析方法去研究和解决高效复合塘生态的问题，将系统工程原理应用于研究高效复合塘生态的实践之中，才能促进高效复合塘生态工艺技术的进一步发展。

(5) 污水资源化

发展高效复合塘生态处理系统，应将污水净化、处理水回用和污水资源化相结合。净化后的污水经简单处理后即可作为农业灌溉用水、电厂冷却水以及城市景观用水，以实现污水的再回收利用。此外，通过在高效复合塘生态处理系统内进行水生植物和水产的养殖，还可以以水生作物、鱼、水禽等方式进行污水的资源化利用。这有助于进一步降低污水处理费用，提高高效复合塘生态处理系统的综合效益。

1.4.4 我国污水处理与利用生态系统的研究与发展

我国王宝贞等人总结我国 2000 余年污水净化养鱼、种植水生作物等丰富的经验，并参照国外的有关技术研究开发了污水处理与利用生态系统（ecological wastewater treatment and utilization systems，EWTUS）和高效复合塘生态（eco-ponds），并已被迅速推广应用于一些中小城市的污水处理工程中。其中王宝贞教授亲自主持设计的黑龙江大庆石化废水处理高效复合塘生态工艺，处理污水能力达 25 万吨/天；山东东营城市生活污水和工业废水，采用多级高效塘工艺，处理水量 10 万吨/天；山东沾化草浆造纸废水，采用曝气串联多级塘系统，处理水量 4 万吨/天；处理的效果都很好，而且建设成本和运行费用低，在运行过程中实现了污泥减量化和污水资源化，更符合我国的国情和我国的产业政策，因此，我们希望将我们多年的工程实践中的较为完善和成熟的部分整理出来，以推动该工艺在国内的实施。

本书将针对王宝贞、王丽等设计的成功案例：鹰潭高效复合塘生态处理工程、东营高效复合塘生态工程、福建中村乡高效复合塘生态湿地处理工程、黑龙江红兴隆农场高效复合塘生态湿地处理工程，对高效复合塘生态建设的技术理论，工程实践进行详细的论述。针对从南方到我国的中部地区以及我国北部寒冷地区的高效复合塘生态建设的工程经验进行总结，以期使高效复合塘生态获得更加优化的设计和广泛的推广。

第2章

国外新型塘及其组成的系统

发达国家经过百余年发展起来的污水排放和处理系统及其技术、工艺和设备，在城市和区域的水污染治理中发挥了重大的作用，在世界部分国家和地区，尤其是发达国家和地区，如北美和西欧，有效地改善了水环境和保护了水资源。但是这种先进的系统和技术，往往需要以昂贵的基建投资和运行/维护费用来实施，同时还有很大的能量和资源（如发电用煤和污水、污泥处理用化学药剂等）的消耗。从总体的环境效益和经济效益来说，是不太合理的。因此，近年来大力研究开发和实际应用了经济、节能和有效的水污染治理技术，一方面是污水常规处理技术如活性污泥法和生物膜法（通常被称为"高技术"——high technology）的不断改进和完善；另一方面就是污水处理实用技术（又被称为"低技术"——low technology）的研究开发和实际应用。美国作为世界上最发达的国家，在这方面起了率先示范作用，在研究、开发和实际应用塘系统、土地处理系统和湿地处理系统方面，其研究内容之广泛和深入，开发技术之多样和先进，应用工程数目之多和规模之大，都在世界首屈一指。塘、土地和湿地处理系统已成为美国中、小城市和社区的污水处理主要技术。在西欧，如德、法、英等国也有大量的用塘、土地和湿地处理城市污水和工业废水的工程。这说明，这些污水处理实用技术，不仅适用于发展中国家，也受到发达国家的重视和广泛应用。这是一个非常值得重视的发展趋势，即水污染治理正在从传统的治理技术向生态环境友好治理技术的方向发展。

实用处理技术（appropriate technologies）是因地制宜的经济、节能、简易和有效的处理技术；它跟常规污水处理方法和工艺不同，但也能有效地处理和净化污水，因此又称为污水处理的代用技术（alternative technologies）。目前在世界上包括发达国家应用最广泛的实用技术有塘系统、土地处理系统和人工湿地。如：德国污水处理塘 3000 余座，法国也有 3000 余座，在美国获得最为广泛的应用，现在在美国用于处理城市污水和工业废水的稳定塘系统共有 11000 多个，成为中小城镇或社区的主要污水处理设施，它们遍布全美国的广大国土，从北极到热带，它们或单独应用，或与其他处理设施组合应用。

这些塘系统大都由预处理设施与厌氧塘、兼性塘、曝气塘和好氧塘（或称最后净化塘或熟化塘）等四种普通型式的塘以多种不同的组合方式组成；在美国最通用的塘系统为曝气塘-最后净化塘系统。这些塘系统统称为普通塘系统，或称为常规塘系统。

这些普通塘系统，具有基建投资省，运行维护费低，运行效果稳定，去除污染效能好且具有广谱性，既能有效地去除 BOD、COD，又能部分地去除氮、磷等营养物等优点；由厌氧塘→兼性塘→最终净化塘或称熟化塘（好氧塘），或厌氧塘→曝气塘→兼性塘→最后净化塘等组成的多级串联塘系统，不仅有很高的 COD、BOD 去除率，较高的 N、P 去除率，还有很高的病原菌和病毒去除率，其代表性的去除率为 99.9%～99.999%，或（3～5）log。此外，这些多级塘系统，借助于种类繁多的厌氧菌、兼性菌和好氧菌的共同作用，比常规生物处理系统如活性污泥法，能更有效地除去许多种难以生物降解的有机化合物。因此，在美国有许多塘系统用于处理炼油、石油化工、有机化工，制浆造纸和纺织印染等难降解的废水。目前塘系统已成为美国中小城镇的主要污水处理设施之一，在水污染控制中起着重要的作用。

但是，这些普通塘系统有一些缺点和局限性而影响了其推广应用。其缺点主要如下。

(1) 其水力负荷率和有机负荷率较低和水力停留时间过长，如厌氧塘、兼性塘和最后净化塘的水力停留时间往往为数十天，甚至数月至半年之久，占地面积大。因此在可用土地缺少和地价昂贵的地方，难以推广应用。

（2）由于藻类增殖，往往使普通塘系统的出水含有较高浓度的 SS 和 BOD_5 而超过规定的排放标准。为此需采用除藻技术，加设相应的处理设施，如筛滤、过滤、混凝沉淀、溶气上浮等，大大增加了塘系统的基建费和运行费。

（3）厌氧塘和兼性塘在有机负荷过高或翻塘时因酸性发酵而产生的硫化物臭味，会恶化周围环境，引起附近居民的恶感、不满和抗议。

因此，从 20 世纪 70 年代末开始，美国着手研究和开发了一些新型的单元塘和塘系统。它们与普通单元塘和塘系统相比，具有如下一些优点。

水力负荷率和有机负荷率较大；水力停留时间较短，甚至很短，如只有数天之久；节省能耗；基建和运行费用较低；能实现水的回收和再用以及其他资源的回收。

下面逐一介绍几种新型的塘系统及其组成的单元塘。

2.1 双曝气功率水平-多级串联曝气塘（DPMC）系统

2.1.1 多塘串联系统比单塘系统的优点

图 2-1 为英格兰进行一项塘系统运行效能研究的结果：案例为一座采用活性污泥法处理生活污水的处理厂，其出水进入污水处理塘，为了比较单塘系统与多塘串联系统的运行效能，两类塘系统采用并联运行的方式。在两个并联的塘净化系统中，其中一个为单塘系统；另一个为 4 塘串联系统。在这两个塘系统中，出水悬浮固体浓度在运行之初的前 2 天的逗留时间中一直下降；此后由于塘系统中藻类增殖 TSS

开始上升。但是，值得注意的是，在单塘系统中出水 TSS
的增加比 4 塘串联系统快得多。这一现象可用出水在该系统
内的逗留时间分布来解释。从图 2-1 的曲线中可得出这一结
论：在最后净化塘中出现藻类增殖之前可以采用的最长逗留
时间为 2d，而且多塘串联的形式即使在出现藻类增殖时也
能予以较好的控制，即在前 4~5d 内没有显著的增殖。

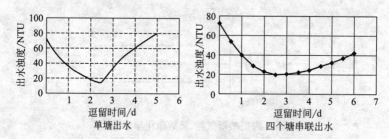

图 2-1　多塘串联系统对最后净化塘出水 TSS 的影响

2.1.2　曝气塘-最后净化塘系统

在实施联邦水污染控制法 1977 年修正案之前，在美国
建造了许多曝气塘-最后净化塘用于污水处理的塘系统（图
2-2），并且至今大都正常运行着。其处理能力大都不大于
$3785m^3/d$（IMGD）。城市污水，经格栅处理后，流入第一
塘中以 $1~6W/m^3$（$5~30hp/Mgal$，$1hp/Mgal=745.7W/$
$3.7854L×10^6≈0.2W/m^3$）的功率水平进行曝气，然后进
入第二个塘中在不曝气的条件下进行净化。其出水一般进行
氯化消毒后排放。

在南卡罗来纳州 6 座这样的塘系统的运行效果列于表
2-1。结果发现这些塘系统出水的总悬浮固体（TSS）浓度
相当高；多数塘系统的 50% 保证率的 TSS 为 50mg/L 左右，
而且其中有 2 个塘系统的 90% 保证率的 TSS 大于 100mg/L。
这样大的悬浮固体浓度，是曝气塘和最后净化塘中藻类增殖
的结果。出水中高的 TSS 浓度还会导致 BOD_5 浓度的增高。

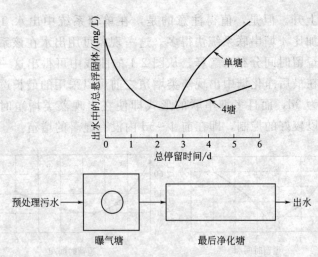

图 2-2　典型的曝气塘-最后净化塘系统

表 2-1　两种塘系统运行效果　　　　单位：mg/L

塘系统	50%保证率		90%保证率		取样数
第一组[①]	BOD$_5$	TSS	BOD$_5$	TSS	
A	29	49	49	79	34
B	30	44	52	86	34
C	24	49	37	73	34
D	29	52	47	102	25
E	22	39	38	65	26
第二组[②]					
G	12	15	28	37	74
H	19	9	37	32	16
I	22	13	37	19	27

① 曝气塘—最后净化塘系统；

② 由现有的兼性塘的部分塘面积改造成的双曝气功率水平-多塘串联曝气塘系统，其运行效果明显比①好。

出水的 TSS 浓度与藻类叶绿素 a 的经验关系式为：

$$TSS = 21 + 143(叶绿素\ a) \tag{2-1}$$

式（2-1）中的常数 21 可以认为是 TSS 中不是由藻类引起的那部分值。

在 TSS 与 BOD_5 之间有如下的经验关系式：

$$BOD_5 = 13 + 0.40(TSS) \qquad (2-2)$$

式（2-2）中的常数 13 可以认为是出水中非颗粒状的，亦即溶解的 BOD_5。许多塘系统的实际运行结果证明，出水 TSS 每增加 1mg/L，其 BOD_5 相应增加 $0.3 \sim 0.5mg/L$。

2.1.3 双曝气功率水平-多级串联曝气塘系统

为了降低出水系统由于藻类的大量繁殖而导致的浊度上升，美国克莱姆逊大学环境系统工程系里奇（L. G. Rich）教授等人研究开发了这种双曝气功率-多级串联曝气塘系统，如图 2-3 所示。对于处理生活污水而言，这种系统是由第一塘，即高功率水平曝气塘（约 $6W/m^3$ 塘体积）和其后的 3 个塘，即低功率水平曝气塘（$1 \sim 2W/m^3$ 塘体积）串联组成的。在第一个塘应用较大的曝气功率以使所有的可悬浮固体都处于悬浮状态。而在其后的 3 个塘中采用低的曝气功率，以实现两种功用：一是使第一个塘出水中的悬浮固体的可沉部分沉淀下来，在塘底形成沉积层，二是往塘的水层中供氧，以使水中剩余的溶解性有机物和塘底沉积的有机物及其厌氧降解中间产物进行好氧降解。

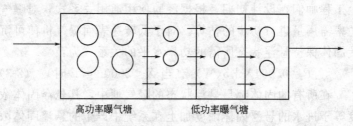

高功率曝气塘　　　　低功率曝气塘

图 2-3　双功率水平-多级串联曝气塘系统

这种塘系统的设计参数列于表 2-2。在设计和运行中应考虑如下几方面的问题。

表 2-2 双功率水平-多级串联曝气塘系统设计参数

| 塘 | 水力停留时间/d | | 深度/m | 曝气机安装比功率 /(W/m³) | 比运行功率 /(W/m³) |
	A	B			
第 1 塘	1.5	2.0	3.5	6	6
第 2 塘	1.0	1.5	3.5	2	1～2
第 3 塘	1.0	1.5	3.5	2	1～2
第 4 塘	1.0	1.5	3.5	2	1～2

注：A 为在北纬 36°以南的塘系统；B 为 36°以北的塘系统。

2.1.3.1 藻类控制的重要性

藻类是兼性塘系统的必要组成部分，这是因为它们需要靠藻类来供氧。但是，在曝气塘中并不需要藻类，也不得益于它们，因为出水中每含 1mg 藻便增加 1mg TSS 和相应增加 $0.3～0.5$mg BOD_5。显然减少出水的 SS 和 BOD_5 的关键，是以使藻类增殖降至最小的方式来设计和运行这种塘系统。

2.1.3.2 混合和固体悬浮所需的曝气功率水平

为保持某一既定的紊流水平以供混合和使固体悬浮所需的曝气功率，与以下一些因素有关：悬浮固体浓度，塘的大小、形状和使用曝气系统型式。由于使用的曝气设备具有高度的特殊性，应当考虑设备制造厂的产品说明。但是，实际上工程师们在设计初期，根据经验使用通用关系式，对曝气功率需用量进行初步的估算。对于低转速表面曝气机使可沉淀固体保持悬浮状态所需的功率水平的关系式为：

$$P = 0.004X + 5(W) \quad （当 X < 2000mg/L 时） \quad (2-3)$$

在所有的固体都呈悬浮状态的曝气塘中，其悬浮固体浓度等于进水的悬浮固体浓度加上在系统中产生的悬浮固体浓度，再减去进水悬浮固体降解掉的浓度。对于生活污水，其代表性的悬浮固体浓度为 200mg/L。按 $X = 200$ 解式(2-3)，

得曝气功率水平为 $5.8W/m^3$，这与推荐的设计值 $6W/m^3$ 基本相同。研究还证明，高于最小悬浮固体浓度（由悬浮固体中不能沉淀的部分组成）时，保持悬浮状态的悬浮固体浓度，随曝气机的功率水平呈线性增加。另外的研究确定，能沉淀的悬浮固体的曝气功率阈值（超过阈值便会悬浮）为 $2W/m^3$，因此部分悬浮塘的曝气功率水平的设计推荐值为 $2W/m^3$，而运行的曝气功率水平推荐值为 $1\sim2W/m^3$。

完全混悬曝气塘的运行实践证明，在功率水平为 $5\sim6W/m^3$ 时，在塘中的混合强度以及由此产生的浊度（相应的悬浮固体浓度为 110mg/L），足以抑制藻的增殖。

部分悬浮塘的曝气功率输入，必须足以将溶解氧扩散于全塘中。对于表曝机来说，$1W/m^3$ 的功率水平可以满足这个要求，但是根据编者的实践经验，对于表面积大于 1ha（$1ha=1hm^2=10^4m^2$）的曝气塘采用 $2W/m^3$ 为宜。此外，在这种型式的塘中，其水层中由于接受其前置塘出水的剩余 BOD_5、有机氮和氨氮，由于其氧化和硝化而耗用的最大氧量，以及底部污泥沉积层所耗用的最大氧量，都发生在夏季。在某些情况下，底部沉积物氧化降解所需的最大需氧量显著地大于水层中 BOD_5、有机氮和氨氮氧化和硝化所需最大需氧量。因此，确定部分悬浮塘中曝气设备功率的通常方法，是依据夏季发生的底泥最大需氧量，而此时的其他需氧量最小。试验研究确定，底部沉积物在 20℃ 的需氧率约为 $60g/(m^2 \cdot d)$。

为了使部分悬浮塘的水层中保持好氧状态以及对进水中剩余的 BOD_5 进行好氧生物降解并形成易于沉淀的生物凝絮体，应使水层中的溶解氧保持 2mg/L 以上，而为了保持这一 DO 水平而需要的曝气量是难以计算的，因为没有办法预先知道在塘系统中将从水层中和沉积层中去除多少可生物降解的固体，特别是以多大的速率和频率去除它们。因此，保守做法是，建议安装的曝气设备功率，足以提供大约 90g/(m^2·d) 的供氧率，该值等于好氧稳定 160mg/L 悬浮固体的可生物降解部分而需要的供氧量。

如果采用表面曝气机进行曝气，应选用一些小功率曝气机分散布设在塘中，实行增量曝气充氧，以使水层中的 DO 保持在 2mg/L 以上。如果采用扩散空气曝气，则空气扩散管应布设在污泥层之上。不管曝气设备的型式如何，曝气强度不应大到使悬浮固体中的可沉淀部分处于悬浮状态。这一强度水平，对于表曝机约为 2W/m^3，而对于扩散空气曝气约为 3W/m^3。

2.1.3.3 水力停留时间

在这种塘系统中，要确定适宜的水力停留时间。过长，会导致藻类过度增殖而使出水因含过多的藻类使 TSS 和 BOD_5 浓度增高而不符合排放标准；过短，则会使可沉淀的悬浮固体不能完全沉淀下来，特别是溶解的 BOD_5 在塘中进行好氧生物降解时所形成的生物体（活性污泥），其由细菌和原生动物等组成的生态系，因无足够的时间而达不到成熟和稳定，从而形不成沉淀性能良好的生物凝絮体，因而易于随出水流失。

（1）藻类增长的临界水力停留时间

如前所述，为使塘中可沉淀的悬浮固体完全悬浮所需的曝气功率水平，即 6W/m^3，由其产生的浊度，足以抑制藻的增长。因此，在双功率水平-多塘串联系统中藻的增长潜势，可以预料仅与在部分悬浮塘的停留时间有关。

英国的研究发现，在非曝气净化塘中，藻类的平均世代时间约为 2 天。但是发现，如果塘系统是由几个塘串联而成，则在总停留时间 4～5 天内未出现多大的增长。后一种现象支持了这个可由反应器动力学推导的结论：在由几个完全混合塘串联的系统中，微生物的产量要小于相同体积单塘中的微生物产量，而且对微生物产生的抑制，由于增加串联塘的数目而增强。

（2）在第一塘中的最小停留时间

作为设计的一个限制因素，生物量出现流出的临界停留时间 θ_{Ic} 可由生物量的净增长方程式与限制营养物的莫诺函数的组合而推导出来：

$$\frac{I}{\theta_{Ic}}=\hat{\mu}\frac{S_o}{K_s+S_o}-K_d \tag{2-4}$$

式中　θ_{Ic}——在第一塘即完全混合（悬浮）塘中的临界停留时间，d；

$\quad\quad K_s$——饱和常数，mg/L；

$\quad\quad S_o$——进水的总 BOD_5 浓度，mg/L；

$\quad\quad K_d$——比衰减率，d^{-1}；

$\quad\quad \hat{\mu}$——最大比增长率，d^{-1}。

因为固体不循环回流，所以在完全悬浮塘中的固体平均停留时间等于水力停留时间。如果略去比衰减率一项（因它比增长项小得多），式（2-4）可写成：

$$\left(\frac{V}{Q}\right)_{Ic}=\frac{K_s+S_o}{\hat{\mu}S_o} \tag{2-5}$$

式（2-4）和式（2-5）的应用，需要知道动力学系数 K_d，$\hat{\mu}$ 和 K_s。文献 [6，7] 中介绍了推导这些系数的方法。对多种废水确定的这些系数值的一览表载于文献 [8]。

温度影响某些动力学系数的值。根据收集的现场和实验室数据可以推导出温度对 $\hat{\mu}$ 和 K_d 影响的定量表达式：

$$\hat{\mu}=\hat{\mu}_{20}(1.10)^{T-20} \tag{2-6}$$

$$K_d=K_{d20}(1.05)^{T-20} \tag{2-7}$$

在温度高于 20℃ 时，K_d 值跟 20℃ 的 K_d 值无多大差异。悬浮固体流出的临界停留时间的计算式（2-5）是根据稳态条件导出的。对于典型的生活污水和水温 20℃ 时的有关系数值：$\mu = 13d^{-1}$，$K_s = 120mg/L$，$Y = 0.5$ 和 $K_d = 0.20d^{-1}$ 时，计算求出的第一塘的临界停留时间为 0.5d。为了适应由于过程失效而引起的非稳态状况，需要加一个安全系数 ≤3，亦即在该塘的设计停留时间应当至少为临界停留时间的 3 倍。

(3) 塘系统的总水力停留时间

DPMC（双功率水平-多塘串联）曝气塘系统的设计水力停留时间，是根据一年中最冷的一周内出水达到 10mg/L 溶解性 BOD_5 的指标来定的。除该周以外所有的其他周中，该系统的运行效果要比设计值好。因此，有可能在温暖季节从运行的塘系统中停运一些塘而符合出水水质指标。采用这样的运行方式，可以避免藻类增长的势头，从而避免出水含高的 TSS 和 BOD_5 浓度。

图 2-4 表示出 DPMC 塘系统中温度对出水溶解性 BOD_5 影响的曲线。它们可用以预计在不同的塘水温度下塘出水溶解性 BOD_5 浓度。利用这些曲线，就可确定在怎样的塘温下运行的塘系统中，停掉一个塘而仍能使出水的溶解性 $BOD_5 \leqslant 10mg/L$。例如，对于北纬 36° 以南的塘系统 [图 2-4 (a)]，当塘温升至 8℃ 时，要使出水的溶解性 BOD_5 达到 10mg/L，只使用前 3 个塘即可，而 11.5℃ 时，只需运行前 2 个塘。通过消除多余的停留时间，可使出水达到低的 TSS 和 BOD_5 浓度。操作人员只要简单地监测塘水温度并相应改变塘的运行数目，就可提高该系统的运行效能。

(4) 表面积

塘的澄清效率，与塘水中悬浮固体的沉淀速度和塘的表面积成正比。因此，对于一既定的粒径和密度分布的悬浮固体来说，其出水浓度将与表面溢流负荷率有关。对于由几个大小相同的塘串联组成的系统，其有效的表面溢流率可这样

$$\left(\frac{V}{Q}\right)_I = 1.5 \text{ 天} \qquad \left(\frac{V}{Q}\right)_I = 2.0 \text{ 天}$$

$$\left(\frac{V}{Q}\right)_J = 1.0 \text{ 天} \qquad \left(\frac{V}{Q}\right)_J = 1.5 \text{ 天}$$

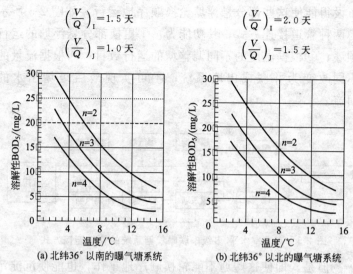

(a) 北纬36°以南的曝气塘系统　　(b) 北纬36°以北的曝气塘系统

图 2-4　温度对出水溶解性 BOD_5 的影响

保守地估算：将通过该系统的流量除以单个塘的表面积。在高峰流量时，表面溢流负荷率不应超过 $30m^3/(m^2 \cdot d)$（或溢流线速度≤1.25m/min，或≤0.35mm/s）。

(5) 塘深

光线是藻类增长的主要因素。光线通过水层时按指数规律被吸收，因此不能透射得深。对某一既定的水力停留时间来说，增加塘深，将使塘表面积减少，因而减少了光线的总入射量。塘深应设计得至少为 3m，为了提高曝气的曝气充氧效率，塘水深度应不小于 4m。

(6) 塘底污泥沉积层

使用小体积的部分悬浮塘的严重问题之一，是污泥沉积。这个问题，在完全悬浮塘之后的第一个部分悬浮塘最为严重。在塘系统中即使容积最小的塘，在其中水素流水平适宜时，其表面溢流负荷率也低得足以使进入塘中所有可沉淀固体发生沉淀。为了增大固体沉积面积，可将连接管道系统布设得能使这些部分悬浮塘轮换顺序地运行，如图 2-5 所示为两种管道接连方式，其功能为：①更换部分悬浮塘的运行顺序；②根据温度的不同调整塘的运行数目；③根据流量的不同改变为并联或串联系统；④可实现最后级塘出水的回流。

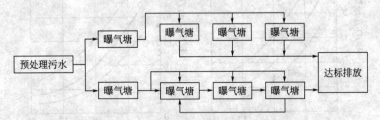

图 2-5　双功率水平-多级串联曝气塘系统的管道连接方式

但是，即使这些塘不能轮换顺序地工作，也能使沉淀污泥分布于各个部分悬浮塘中：随着污泥在第一个部分悬浮塘中不断积累（大部分可沉淀固体将在该塘中发生沉淀），水层的体积也不断减少，相应地曝气功率水平则不断增加；当其超过阈值水平时，某些沉积固体将再次悬浮起来并夹带至第二个部分悬浮塘中。随着污泥在这个塘中的积累，可沉淀固体又迁移到第三个部分悬浮塘中。

在评价污泥积累问题时，需要考虑底泥的分解速率。如果肯定沉积的可生物降解固体在一年周期内所剩无几，亦即遗留给下年的很少，则这种固体的负荷率不应超过其年均分解率。

可生物降解固体在部分悬浮塘中的负荷率可用下式估算：

$$L = \frac{YS_{\circ}Q}{nA_j\left[1 + K_d\left(\dfrac{V}{Q}\right)_1\right]} \tag{2-8}$$

式中　L——部分悬浮塘中可生物降解固体的负荷率，g/（m²·d）；

高效复合塘生态污水治理技术

Y——生物量增长比率；

S_o——进水的总 BOD_5，mg/L；

Q——污水流量，m^3/d；

n——大小相同的部分悬浮塘串联的数目；

A_j——每个部分悬浮塘的底面积，m^2；

$(V/Q)_1$——在完全悬浮塘中的水力停留时间，d。

K_d——比衰减率，d^{-1}。

如果可生物降解固体不从第一周年遗留到下一周年，则污泥积累主要与不能生物降解的部分有关。污泥的全年积累体积可用下式估算：

$$V=\frac{365(X_{oi}+0.23YS_o)}{x\rho} \qquad (2\text{-}9)$$

式中 X_{oi}——进水中惰性固体浓度，mg/L；

x——污泥中固体的质量分数；

ρ——水的密度，g/m^3。

其中 $0.23YS_o$ 一项，是塘系统中形成的细菌生物量的内源氧化惰性残余物。式（2-9）只是近似式，因为它假定在塘系统中全部除去了惰性悬浮固体和 BOD_5。

(7) 生物降解所需的氧量

在曝气塘中需要用曝气设备完成如下作用：

① 保持一定的紊流水平以进行混合和使可沉淀固体呈悬浮状态；

② 供应氧气以保持好氧状态和使可生物降解有机物进行好氧生物降解。

在每次应用中所提供的功率水平，应是这两种需要的最大值。

在完全悬浮塘中，假定不发生硝化，则 BOD_5 的生物氧化所需的最大供氧量 R_{O_2}（kg/h）为：

$$R_{O_2}=4.16\times10^{-5}r[1.47Q(S_o-S_I)-1.42QX_I] \qquad (2\text{-}10)$$

式中 r——最大需氧量与平均需氧量的比值；

　　　Q——污水流量，m^3/d；

　　　S_o——第一塘（完全悬浮塘）进水的总 BOD_5，mg/L；

　　　S_1——第一塘出水的溶解性 BOD_5，mg/L；

　　　X_1——完全悬浮塘中的生物量浓度，mg/L；

　　4.16×10^{-5} 为单位换算系数（$g/d \rightarrow kg/h$）；

　　1.42——假定的生物量的氧当量比率。

　　因为生物量浓度可用下式计算：

$$X_1 = \frac{Y(S_o - S_1)}{1 + K_d t_s} = FY(S_o - S_1) \qquad (2\text{-}11)$$

式中 Y——生物量产率；

　　　K_d——比衰减率，d^{-1}；

　　　t_s——污泥龄，d；

　　　F——固体衰减系数，$F = 1/(1 + K_d t_s)$。

　　式（2-10）和式（2-11）可合并成为下式：

$$R_{O_2} = 4.16 \times 10^{-5} rQ(1.47 - 1.42FY) \qquad (2\text{-}12)$$

　　在部分悬浮塘中所需的氧量由来于水层的需氧和底部沉积物需氧。在第 j 塘的水层中所需的氧量可用下式计算：

$$R_{O_2} = 4.16 \times 10^{-5}[1.47QY(S_{j-1} - S_j) + 1.42V_j K_d X_j]$$

$$(2\text{-}13)$$

式中 S_{j-1}，S_j——分别为第 j 塘进水和出水的溶解性 BOD_5，mg/L；

　　　　V_j——第 j 塘的体积，m^3；

　　　　X_j——第 j 塘中的生物量，mg/L，其值主要受到塘中紊流程度和生物固体与总悬浮固体比值的影响。

　　温度对式（2-10）和式（2-13）的影响，是通过温度对 μ 和 K_d 值的影响［见式（2-6）和式（2-7）］以及因而对 S_1，S_j，X_1 和 X_j 的影响来实现的。

在部分悬浮塘的底部沉积的可生物降解固体将分解而在泥/水界面上直接耗氧，并且往上部水层中释出溶解的有机物，它具有滞后的需氧量。曝气设备必须满足这些需氧量之和。对于每个部分悬浮塘，底部需氧率可用下式计算：

$$R_{O_2} = 4.16 \times 10^{-5} A_j B\theta (T-20) \qquad (2-14)$$

式中　A_j——部分悬浮塘的底面积，m^2；

　　　B——底泥需氧率，$g/(m^2 \cdot d)$；

　　　θ——温度敏感系数。

底部沉积层，只有一部分（上层）进行好氧生物降解，其余的则通过厌氧降解而转变成甲烷。在温度适宜时，即使在沉积层上面的水层中 DO 高达 $5\sim6mg/L$，这些沉积物也会产生大量的甲烷。

2.1.4　DPMC曝气塘系统设计举例

表 2-3 的数据可用来计算能使出水达到要求水平的一系列不同的组合系统。在设计的例子中选用 3 个串联的部分悬浮塘，这是因为由多塘系统产生的净化效果，从 1 个塘增至 3 个串联塘时能实现最大的改善。该系统各单元塘的一系列组合列于表 2-4，其中第 5 和第 6 号的大小组合，将导致部分悬浮塘的可生物降解固体负荷大于 $80g/(m^2 \cdot d)$。在第 1 和第 2 号的大小组合中，第一塘的停留时间小于 3 倍的临界时间 $[(V/Q)_{Ic} = 0.50d]$，因此应当放弃，看来仅有第 3 和第 4 号的大小组合是可行的方案。

设计中选用的尺寸组合应考虑如下的问题：

① 基建投资（对塘的容积和面积的要求）；

② 运行费（电耗）；

③ 藻类增长潜力（在部分悬浮塘中的水力停留时间）；

④ 在部分悬浮塘中污泥积累的厚度（塘底清除的频率）。

表 2-3 设计例子的基本数据

(1)废水特性:	(2)20℃时的系数值
$Q=2000\text{m}^3/\text{d}$	$\hat{\mu}=13\text{d}^{-1}$
$S_o=200\text{mg/L}$	$K_s=120\text{mg/L}$
$X_{oi}=133\text{mg/L}$	$Y=0.5$
	$K_d=0.20\text{d}^{-1}$
(3)预计的温度条件:	(4)假定的污泥特性
最冷周的空气平均温度 0℃	$X=4\%$(固体含量百分率)
最热周的空气平均温度 31℃	
(5)出水的特性要求:	(6)系统的组成:
出水的 BOD_5 和 SS	完全悬浮塘的数目:1
浓度低	部分悬浮塘的数目:3
$S_e=10\text{mg/L}$	塘的形状:倒立截头锥体
(为计算而选的值)	塘深:3m
	边坡坡度:1:3

如果选用第 3 号大小组合预期曝气机的功率为 1.25kg O_2/kW·h,则第一塘的需氧量按式(2-12)计算为 25 kg/h,而可达到这一需氧量所需的曝气机的功率水平约为 6.67W/m^3。因为 6W/m^2 为使固体悬浮所需的功率水平,所以此处需氧量为控制因素,用式(2-14)并假定 θ 值为 1.05($A_j=1156\text{m}^2$,$V_j=2040\text{m}^3$),在每个部分悬浮塘中的最大需氧量将为 3.88kg/h,而为此所需的最大功率水平为 1.52W/m^3。

在应用双功率水平-多级曝气塘系统时,底部沉积固体必须清除的频率,是一个重要的考虑因素,对于许多种废水来说,如同本例中的这种废水,需要一年清除一次,但是,应当指出,当清除频率每年一次或更小时,可以预料到这些沉积固体得到了很好的稳定并适于进行土地处置。

为设计由一个完全悬浮塘与位于其后的 3 个部分悬浮塘组成的双功率水平曝气塘系统而准备的几种大小组合的临界特性见表 2-4。

表 2-4　临界特性

1 组合系统	2 $(V/Q)_I/d$	3 $(V/Q)_j/d$	4 $(V/Q)_j/d$	5 $\Sigma(V/Q)_T/d$	6 $L/(g/m^2 \cdot d)$	7 h_s/m
1	0.50	2.34	7.02	7.52	28	0.41
2	1.00	1.43	4.26	5.26	40	0.62
3	1.50	1.00	3.00	4.50	50	0.82
4	2.00	0.74	2.22	4.22	58	1.00
5	3.00	0.42	1.26	4.26	82	1.48
6	4.00	0.23	0.69	4.69	116	2.31

注：2栏：人为选定的在完全悬浮塘中的停留时间值；

3栏：相应在每个部分悬浮塘中的停留时间；

4栏：在串联的3个部分悬浮塘中的总停留时间；

5栏：在系统中的总停留时间；

6栏：部分悬浮塘的可生物降解固体的负荷；

7栏：在3个部分悬浮塘中一年中积累的污泥平均厚度，假定沉积面积等于塘的顶端（top-end）面积。

2.1.5　部分悬浮塘设计举例

（1）选定 3 个相同大小的塘串联系统，每个塘深 3m，当无固体沉积时，其水力停留时间约为 0.83 天。因此，每个塘的平均覆盖面积为：

$$A = \frac{\theta Q}{H} = \frac{0.83 \times 3785}{3} = 1047 m^2 \qquad (2\text{-}15)$$

式中　θ——在每个塘中的水力停留时间，d；

Q——平均流量，m^3/d；

H——水深，m。

（2）验算在系统通过最大流量时的表面溢流率。假定最大流量等于平均流量的 3.5 倍。

$$\frac{Q_{max}}{A} = 3.5 \frac{Q}{A} = \frac{3.5 \times 3785}{1047} = 12.6 m^3/(m^2 \cdot d) \qquad (2\text{-}16)$$

因为 12.6 小于 $30 m^3/(m^2 \cdot d)$（最大允许表面溢流负荷

率），验算结论可行。

（3） 验算在最大污泥积累时水力停留时间，假定最大积泥厚度为 1m，而水层深度为 2m。因此：

$$\theta = \frac{hwA}{Q} = \frac{2 \times 1047}{3785} = 0.55 \text{ 天（每个塘）} \qquad (2\text{-}17)$$

因此，在该串联塘系统中的水力停留时间将是变动的，即从无积泥时的 2.5 天降至最大积泥时的 1.65 天。在这一范围的值，无论是就固体絮凝和沉淀而言，还是就藻类增长抑制而言，都是适宜的。

（4） 估算固体储存容量

假定在塘底的污泥将含有 2.3% 的固体，则储存于 1m 深的污泥层中的总固体量约为：

$$M = x\rho n h_s A = 0.023(10^6)(3)(1)(1047)$$
$$= 72243000g = 80t \qquad (2\text{-}18)$$

式中　x——污泥中固体含量分数；

　　　ρ——水的密度 $= 10^6 g/m^3$；

　　　n——该系统中塘的个数；

　　　h_s——污泥层厚度，1m。

这一固体总量等于在一年中在该塘系统中去除进水（二沉池出水）中约 50mg/L 悬浮固体所积累的固体总量。

（5） 确定所需的曝气机功率

使用表面曝气机，其预计的动力效率为 1.25kg O₂/ kW·h，该系统总的曝气机功率为：

$$P = \frac{4.17 \times 10^{-5} nAB}{N} = \frac{4.17 \times 10^{-5}(3)(1047)(90)}{1.25}$$
$$= 9.43kW \qquad (2\text{-}19)$$

式中　P——曝气功率，kW；

　　　N——预计的曝气效能，$kgO_2/kW \cdot h$；

　　　B——污泥需氧量，$g/(m^2 \cdot d)$。

（6）曝气功率将由一些小的表面曝气机共同提供，以使之能够进行增量曝气，验算在最大积泥厚度时的比功率水平：

$$P_s = \frac{P}{nAd_w} = \frac{9.43 \times 10^3}{3(1047)(2)} = 1.5 \text{W/m}^3 \qquad (2\text{-}20)$$

式中　P_s——比功率水平，W/m^3。

因为 1.50 小于 2.00W/m^3（最大容许曝气水平），故不会使沉淀固体悬浮起来。

因此，在处理系统中使用最后净化塘，是一种比较经济的方案来生产合格的出水。精心设计和运行这种系统将会帮助有关城镇满足其排放要求。

2.2 高级组合塘系统（AIPS）

高级组合塘系统（advanced integrated pond systems，AIPS）是由美国加州大学（贝克莱）土木与公共卫生系奥斯瓦尔德（W. J. Oswald）教授研究和开发的。其最简单的形式由先进兼性塘（advanced facultative pond，AFP），高负荷藻塘（high rate pond，HRP），藻类分离塘（algae separation pond，ASP）和熟化塘（maturation pond，MP）依次串联组成的，如图 2-6 所示。这种系统可以将污水处理到这样的程度，即其出水水质达到甚至超过一些以活性污泥法或生物膜法为主体的常规二级生物处理厂的出水水质。污水处理过去的倾向是，在美国联邦政府或州政府的财政资助下，采用复杂而昂贵的常规二级或高级处理厂，其中有许多工作得不好，并且难以稳定地运行。现在，美国联邦政府和州政府在污水处理方面的大多数财政补贴在减少或停止，从而污水处理厂建造的经济性和运行的可靠性，正在迅速地成为选择城镇或社区新建或改建污水处理系统的主要依据。对于世界上光照好的城镇，AIPS 可以成为既经济又可靠的污水处理系统。

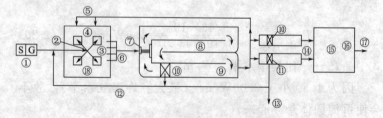

图 2-6 污水处理和氧、水、营养物回收和再用的高级组合塘系统
①—格栅和沉砂池；②—配水池；③—发酵池；④—兼性塘；
⑤—充氧水回流；⑥—低水位出水；⑦—桨板轮混合器；⑧—高负荷藻塘；
⑨—高水位出水；⑩—藻储存衰减坑；⑪—藻沉淀塘；⑫—沉淀藻回流；
⑬—藻回收；⑭—低水位出水；⑮—熟化塘；⑯—高水位出水；
⑰—水再用；⑱—补充曝气

高效组合塘系统（AIPS）的经济性可归因于一些简单的事实，这可举例说明，不妨考虑一下反应器容积的造价。修建常规二级污水处理厂，其反应容器通常是由钢筋混凝土或钢制成的，其造价为 350～700 美元/m³（1989 年）。而修建成形的土方工程反应器，其造价不会超过 5 美元/m³（1989 年），比前者小百倍。这一事实说明，使用土石结构塘时，可以很经济地建筑巨大容积的反应器。

第二个事实是，如果先进的兼性塘设计合理，就无需逐日排放污泥，而且寄生虫卵（世界卫生组织最关心的事项）也被永久去除。另一个事实是，AIPS 中的四个塘单元之间的连接可通过合理的设计来消除塘内水流短路。这就会提高灭菌效果和减少化学消毒剂的需用量。

如果用高负荷藻塘作为该系统的第二单元，其中增殖的微型藻以低廉的费用产生大量的氧，其出水可循环回流至高效兼性塘中以控制臭味，同时促进了重金属的沉淀，而且也有助于消毒和氨氮的去除，在该塘中用桨板轮搅拌混合是很经济的，并且增强了可沉淀藻类的选择性；通过提高 pH 值，促进了藻类的沉淀。在桨板轮搅拌的表面上和在高的 pH 条件下氨也挥发逸出。

普通稳定塘（CSP）通常有这样的缺点，即占用大的土地面积，一般为每公顷塘面接纳和处理 500～1000 人的污水量。而使用 AIPS，$1hm^2$ 塘面积能处理 2500～5000 人的污水量。因此，在相同的处理能力下，AIPS 比普通稳定塘需要小得多的土地。所有的污水处理系统都需要出水的排放，如果在比较 AIPS，普通稳定塘和常规处理厂时把出水排放所需的土地面积考虑在内，塘出水往往需要较小的附加土地面积，因为它们把处理与排放结合在一起。

在基建投资方面，可以说，AIPS 的造价仅为相同处理能力和处理效果较差的常规处理系统的一半，甚至 1/3。这方面的节省比增加土地面积的费用或较长的出水排放管道，或者两者之和都要大，还有 AIPS 所使用的土地总有其使用价值，将来如果开发和使用比 AIPS 更有效的系统时，可立即以很小的费用来予以使用。

除了节省基建费用以外，AIPS 的运行和维修费用也比常规处理系统低得多。在加利福尼亚州的霍利斯特市，其 $2Mgal/d(7570m^3/d)$ 的 AIPS，其运行和维护费用仅为 150 美元/日，而其邻近的相同处理规模的常规二级处理厂则需 500 美元/日。

因为塘的费用如此之低，使得一些工程师们认为它们不如高技术的常规处理厂好，这对于设计不好的普通稳定塘是对的，但是对 AIPS 却远非如此。AIPS 在设计上如同多数高级常规处理厂那样，是复杂的。此外，它们具有明显的工作效能的稳定性和重现性，这是常规处理系统无法匹比的。通过合理地设计这种新式的塘系统和仔细地对比它与其他备选系统的费用，其节省将会显而易见，并且将往往导致建造AIPS，它会提供长期的、稳定的和高效的处理，其持续年岁之久，是任何常规处理系统和普通稳定塘无法达到的。

AIPS 的设计基准是什么？AIPS 中最重要的一项开发，是在其高效兼性塘的底部构筑污泥发酵坑（图 2-7）。已经发现，如果这些发酵坑有足够的浓度并筑造适当高的污泥发酵坑高出塘底表面 $0.3\sim0.5m$ 的围墙，那么可以阻止风力和夹带溶解氧的对流的侵入。在高效兼性塘之前，通常设置格栅和沉沙池，原生污水首先流入其中，进行去除出固体污物行业沙粒等无机杂粒，然后经预处理后的污水流入高效兼性塘底部的污泥发酵坑中，并且自下而上地流经发酵坑，以上向流厌氧污泥床反应器（UASB）的工作原理运行，由此会发生沉淀和复杂的厌氧降解反应而导致甲烷发酵，于是进水中有 70% 以上的 BOD_5 被除去；我们用带有底部污泥发酵坑的厌氧塘处理养猪废水，达到 90% 的 BOD_5 去除率和 85% 的 COD 去除率。在这些坑的四周和上部是普通兼性塘，其表层因藻类增殖而为好氧区。这层产氧水的覆盖使厌氧坑中可能产生的讨厌臭气的逸出减少到最低限度。

发酵坑的另外功能是，它能促进可沉淀固体的沉淀并予以容纳。在坑处于厌氧状态时，污水中悬浮颗粒的表面聚集了产酸菌和产甲烷菌菌种，当在其表面上释出气体时，该固体颗粒可能因附着了气泡而上浮。如果这些颗粒上浮有足够的高度（$3\sim4m$），那么这些气泡在上升时膨胀，从而往往在到达好氧区之前便破裂而不再附着在颗粒上，于是这些携带厌氧菌的颗粒重新沉淀而与缓慢上升的进水逆向接触。这样，全部污水流量以这种方式通过强化的厌氧活性区，其中不溶的和溶解的有机物被吸附并转化为 CO_2、H_2O、H_2、N_2、CH_4 和 NH_3 等。虽然在这些深的厌氧坑中其降解作用非常近似于我们熟知的上向流厌氧污泥床反应器 UASB，但

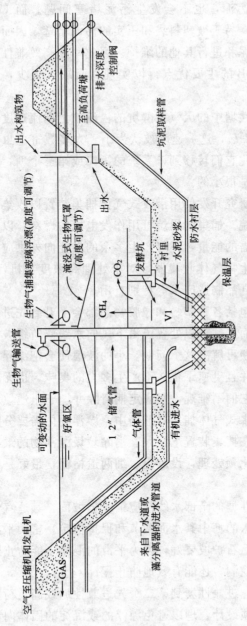

图 2-7 建议的先进兼性塘示意图 (无比例)

是不需要排出污泥，也不会发生污泥堵塞问题。而 UASB 当运行疏忽时，易于被塑料袋和压实的污泥堵塞，因而需要频繁地排除污泥和进行其他的维护。因此，在高效兼性塘活厌氧塘中 UASB 的主要优点得以实现，而缺点很少，且费用低廉。

在先进兼性塘中的厌氧发酵坑的溢流或上向流速度取为 2～3m/d（图 2-7），这一速度被认为小于大多数寄生虫卵的沉降速度，因此它们转移到该系统的第二或第三个塘，或出水中的可能性是很小的。

目前正在研究开发使用潜没式气体捕集装置以收集发酵坑中产生的甲烷。捕集的甲烷可用作发电机的燃料，以提供该系统运行所需的能量，还可产生多余的电能向外供应。这种密封罩盖式生物气体收集器，对于处理高浓度有机污水，如养猪废水、乳品制造废水等特别有用。

漂浮固体包括各种塑料和橡胶物品都会上升到先进兼性塘的顶部，因而必须予以处置。沿下风向水线修筑缓坡加覆盖面的堤岸，便可解决这个问题。小的波浪便会把漂浮固体冲到堤岸上，并且迅速干化，不产生多大的臭味，也无苍蝇繁殖，但是，它们不雅观，而应定期清除并埋于土地填埋场中，在装有潜水式气体捕集器的塘中，漂浮固体需要分隔处理以防止它们在捕集装置下积累。消除垃圾漂浮物的最有效办法，就是强化预处理，设置粗、细两道格栅，最好是机械自动清污格栅。

先进的兼性塘的全部水线都应铺筑护坡面。其适宜性是因为在溢流出水的塘中其水面调节和保持恒定。密实平滑的水线护坡比抛毛石护坡要好，因为平滑的混凝土能防止野草的生长和鼠的挖洞，还能有效地防止侵蚀。

从第一个先进兼性塘到第二个先进兼性塘或高负荷塘的转输系统，必须设计合理以避免漂浮的或沉淀的固体向前输送。但是，其设计是采用辅助曝气还是回流以保持高效兼性塘上部的氧盖层而有所不同。如果必须采用机械辅助曝气，如在多云的地方所应采用的那样，则必须设置在发酵坑以外的位置，这是为了避免氧进入甲烷发酵区。此外，带有辅助曝气的塘，应加设二级发酵坑以消化在曝气中形成的固体。

在第二种情况下，如果表面曝气是由第二级塘（AFP或HRP）出水回流来完成的，则曝气固体将沉淀分布于发酵坑及其周围部位，因而无需加设二级发酵坑。但是，加设它也无害处而且增加了该系统的多用性。在任一种情况下，如果设置二级发酵坑，则应设在靠近AFP出水口位置上。出水口本身应垂直于主风向设置，并且潜于塘一半水深处以避免漂浮和可沉固体迁移于下一级塘中。

如上所述，该系统的第二级塘可以是高效兼性塘（AFP）或高产率藻类塘（HRP）。设计良好的HRP，将产生大量剩余的藻类和溶解氧，它还将提高水的pH，并且一般能进行高度的二级处理，关于在该系统中应用HRP还是AFP的问题，主要取决于土地的形状，尤其是坡度。HRP必须在很大的面积上保持土地平坦。在有坡度的地方，应将其沿其他塘的周边修筑以使其底面平整，由此形成了一个美观的水面，无臭味和无难看的漂浮物，并且在其服务的居民区与第一级AFP之间形成一个缓冲带。如果选用一个HRP，其水流应是用桨板轮缓慢而连续地搅拌混合，其最佳流速约为15cm/s，这只需要小的能量，并且使藻类保持悬浮状态而不使细菌固体处于悬浮状态。宜于将细菌絮体保持接近于底部，这是因为降解BOD物质和产生CO_2供藻类光合作用所需的细菌，其增殖在HRP的表层会受到高的pH的抑制。

线性混合有助于抗捕食的藻种处于再悬浮和再增殖状态，从而可防止塘中的藻类被捕食生物破坏。因此，虽然一些新塘可能遇到捕食生物的麻烦，但是熟化的高负荷塘很少有严重的捕食问题。

桨板轮显然是 HRP 中最适宜的水流混合装置。用桨板轮进行水流混合，每公顷水面只需 $10kW \cdot h$。混合后，在 HRP 中每公顷水面每天产生 $100 \sim 200kg\ O_2$，而桨板轮的单位能耗，即藻类生产 $1kg\ O_2$ 仅为 $1/20 \sim 1/10kW \cdot h$。而在常规处理系统中的机械曝气充氧，每转输 $1kg\ O_2$，需耗用 $1 \sim 2kW \cdot h$，其不同之处是，藻类充当机械，而太阳供给大部分能量（太阳能）来供光合产氧。经过长期运行后，仅电能的节省将比对 HRP 付的附加费用还要多。

有些 HRP 设计有沉淀槽，作为其整体的一个组成部分，在其中使那些可能干扰光线透射而减少可供藻类光合作用的光照量的杂质颗粒沉淀除去。虽然认为这种做法是合乎道理的，但是仍然不能肯定，在 HRP 中的处理效能，是否由于设置了沉淀槽而大为提高。我们在马尼拉的研究中应用了这样的沉淀槽，因为在污水进水 HRP 之前未曾进行沉淀或上浮处理，而且污水中的确含有惰性和有机两种可沉淀固体。应当对带和不带沉淀槽的两种型式的 HRP 进行效能对比试验。

关于防侵蚀衬层，虽然在 HRP 中水流速度应接近于非侵蚀的 $15m/s$，但是其水线，最好是其全部的内壁，都应覆盖以光滑的波特兰水泥混凝土，沥青混凝土或沥青路面料衬层是不适宜的，这是因为在污水中总含有一些溶剂，几年之后便会把其中的沥青溶出殆尽，在处理污水的 HRP 中不需要底部衬里，因为其底部很快形成密实的不透水生物黏膜层而成为天然的衬层，而且通过藻/菌黏膜的增长而在不断更新。

HRP 的出水应从其表面流入藻类沉淀塘（ASP）中，这可将水温最高和 pH 最高的水，亦即病原菌最少的水流入藻类沉淀塘或 DAF 溶气上浮分离器中。

在高负荷藻类塘中连续搅拌运行数月之后，一些依靠搅拌才能保持悬浮的藻的种属被培育出来。一旦离开搅拌的环境，它们便迅速沉淀并沥析出清的上清液。在温暖的气候下，这种上清液含菌的最大或然数（MPN）应小于 10^3。根据世界卫生组织（WHO）基准，生活污水净化到含细菌 MPN 为 10^3 或更少的出水，符合灌溉非生食作物的标准。

在藻类沉淀底部收集的藻类，可用抽吸泵抽出，并用作浓缩液态肥料，也可让其待在沉淀塘底部数年之久。如果设置两个沉淀塘，最好其中一个能定期地使藻类脱水，干燥的藻从其中除去后可作为可储存和可运输的肥料。在设置机械装置及其运行被认为适宜而且在经济上又有可能的场合，可使用聚合物和溶气上浮（DAF）装置对藻类进行浓缩。

浓缩的藻类污泥将不含任何寄生虫卵，而它们却往往存在于污水一级处理的消化污泥中；再者，因为藻类污泥富含氮、磷、钾，用作高等植物的肥料比消化污泥最为优越。事实上，因为它们含营养物过于丰富，以致只能有控制地适量使用。溶气上浮装置的出水，其藻类固体含量往往很低，藻类沉淀塘（ASP）的出水应从水面下适当的深度处排出，以使沉淀或上浮的藻类不会被出水携出而进入熟化塘中。

高效熟化塘（AMP），其主要任务是对进水在停留期间内进行进一步的灭菌处理，以便安全排放。几乎所有的灌溉系统都需要对净化回收水进行储存以控制其应用的时间。在这种情况下 AMP 有双重任务和作用：一是进一步灭菌，二是对回用水进行储存。一般地说，AMP 的容积越大，停留时间越长，水质将会越好，而且更有可能在其中放养可供食用的鱼和无脊椎动物。到 AIPS 流程的这一点，在污水内原来存在的微生物和有机污染物，几乎全部被去除，减少或氧化。如果废水起源的原初供水硬度高（即钙、镁含量高），由于这些离子在塘发生部分沉淀而有所软化，净化的废水，虽然呈微绿色和含钠量较高，但将易于渗滤于地下水中。在一点上，任何微生物的污染将会来自野生水禽，它们往往更喜欢到 AIPS 中而不到沼泽地或其他湿地中去。为了确定 AMP 由野生水禽造成的二次污染造成的卫生问题，需要做更多的调查研究，这种类型的污染不同程度地发生于所有的水库和天然水体中，因此供水者总是要涉及这个问题。在灌溉用水中其重要性不大，特别是在灌溉水和肥料都需要的场合。

"采用塘还是不采用塘"的决定，往往受到经济因素的制约，根据经验，处理能力为 0.5m³/s 的常规二级处理厂（机械化处理厂），其 1m³/d 处理能力的造价约 1320 美元（1989 年美国数据），而 AIPS 的这种单位处理能力的造价约为 530 美元（1989 年美国数据），在日照充足的地区，在有土地可供利用的情况下，AIPS 无疑问地将是最经济的方案。在相反的情况下，在日照不足和地价昂贵和可用土地偏僻的地方，可考虑采用其他塘系统，它们可以建成土方工程构筑物，这要比相同容积的钢筋混凝土构筑物的造价节省许多，但曝气塘和氧化沟的工作效能和可靠性不如 AIPS。

表 2-5、表 2-6 列出了加州圣海林那市于 1965 年投入运行的世界上第一座完美的 AIPS 的代表性运行数据。尽管连续运行了 23 年，该 AIPS 从未清除过其 AFP 或污泥发酵坑，全年在先进的兼性塘中 BOD 达到了 70%～80% 的去除率。虽然在高负荷藻类塘中未出现多大的 BOD 去除率，但这是反常的。在该塘中没有明显的 BOD 去除率，与这事实有关：BOD 测定试验是在暗处将水样放置 5 天而进行测定的，在此期间水样中存在的藻类因无光不但不能产 O_2 而且会耗氧。这是一个不利的特性，它使标准的 BOD 测定方法用于含有大量藻类的 HRP 塘出水时实际上是无意义的，而

更有意义的测定方法，是在培养过程中有一半时间放置在光线之下，在这种情况下，HRP 的出水往往具有负的 BOD 值。HRP 出水在过滤除去藻类之后再测定 BOD 是更有意义的，也可以温室过滤的和未过滤的两种水样，以确定藻类在暗处对 BOD 值的贡献。这部分 BOD 可称为藻的需氧量（AOD），以将它跟污水剩余的 BOD 区别开来。因为 AOD 易于用藻的光合产氧来超过，所以过滤的 BOD 是唯一有意义的测定方法。

表 2-5　加州圣海林那市高级组合塘系统（AIPS）
运行效能——8 月份（两次分析平均值）

水质项目	进水	AFP 出水	HRP 出水	ASP 出水	AMP 出水	去除率/%
BOD_5	303	17.5	9.6	12.7	12.0	96
COD	568	132	85.9	77.2	39.9	93
总 C	300	225	0.25	95	65	78
总 N	44.9	20.8	17.4	7.3	2.8	94
总 P	15.9	18.8	18.7	12.7	5.3	67

表 2-6　加州圣海林那市高级组合塘系统（AIPS）
春季（两次分析平均值）

水质项目	进水	AFP 出水	HRP 出水	ASP 出水	AMP 出水	去除率/%
BOD	142.5	22.2	8.2	5.1	21	97.2
COD	307	115.8	60.9	39.0	22.7	93
总 C	131.5	63.4	51.0	42.6	34.1	79
总 N	35.4	11.5	9.5	6.6	5.0	91.6
总 P	11.8	7.5	6.7	5.4	4.4	64.3

2.3　水生植物塘

从 20 世纪 70 年代初起，在污水处理中，已经提出用水生植物将污染物浓度降低到相当于二级、超二级和三级出水的水平。在最近十几年来对水生植物净化污水系统进行了广泛的研究、开发与实际应用，并且已经证明，这是一种经济、节能和有效的污水处理技术；它还可用于污染水体的净化。水生植物处理系统，通常是由一种或几种维管束植物种植于浅塘、人造湿地或人工滤床中组成的，污水在其中停留较长时间（相对于常规处理而言），通过多种机理，包括同化和储存污染物，往根区输送氧，和为微生物提供活的载体等，使污水得到有效的净化。现在研究和应用的具体系统有浮水植物系统，人工湿地处理系统，卵石-沙床中根系处理系统等等。本文将仅介绍浮水植物净化塘。

浮水植物净化塘是研究和应用最广泛的水生植物净化系统，其中最通用的浮水植物是水葫芦（学名水风信子），其次是水浮莲和水花生。中国、美国、巴西等国已有不少水葫芦塘成功地净化了生活污水和多种工业废水。美国一些水葫芦系统处理污水的基本设计参数和净化效能列于表 2-7。从表中可以发现，塘中种植水葫芦以后 SS、BOD、总氮、总磷等的去除率都比原来的普通兼性塘显著提高。美国根据水葫芦塘处理生活污水的研究结果和实际应用经验，对一些设计参数提出如下见解。

(1) 面积和深度

大多数水葫芦塘的表面积小于 1ha。为了便于定期收获水葫芦和清洗塘，每个塘面积以不大于 0.4ha 为宜，但长的矩形塘可不受此限制。

水葫芦塘的深度范围为 0.4～1.8m，但大多数人推荐水深≤0.9m。关键的问题是要保证水葫芦的须根贯穿塘的大部分水流区，以提供最大的接触净化机会。

(2) 水力负荷

处理原生活污水的三个水葫芦塘系统的水力负荷为

表 2-7 美国水葫芦塘设计标准

用　途	设计参数	预期出水水质
处理原生污水(控制藻)	水力停留时间 >50d 水力负荷 $200m^3/(ha \cdot d)$ 最大深度 1.5m 单塘面积 0.4ha 有机负荷 $\leqslant 30kg\ BOD_5/(ha \cdot d)$ 塘长/宽比 >3:1 水温 >10℃ 蚊的控制　必需 进口扩散装置　必需 两套平行系统 每套按处理总流量设计　必需	BOD 和 SS 均 $\leqslant 30mg/L$
处理二级出水(脱氮和控制藻)	水力停留时间 >6d 水力负荷 $800m^3/(ha \cdot d)$ 最大水深 0.9m 单塘面积 0.4ha 有机负荷 $\leqslant 50kg\ BOD_5/(ha \cdot d)$ 塘长/宽比 >3:1 水温 >20℃ 蚊的控制　必需 进水扩散装置　必需 两套系统,每套按处理总流量设计　必需 氮负荷 $\leqslant 15kg\ TKN/(ha \cdot d)$	BOD_5 和 SS $\leqslant 10mg/L$ TP 和 TN $\leqslant 5mg/L$

$240 \sim 680m^3/(ha \cdot d)$。所有这三个系统都能有效地运行,而较低水力负荷的系统,其出水水质更好些。

处理二级出水的水葫芦塘系统,当水力负荷为 $2000m^3/(ha \cdot d)$ 时,所提供的出水水质能满足高于常规二级的排放标准,即 BOD_5 和 SS 都 $\leqslant 10mg/L$,TKN 和 TP 都 $\leqslant 5mg/L$。在水力负荷为 $500m^3/(ha \cdot d)$ 时,浅塘(0.4m 水深)应有较好的除氮效果,出水 $TKN < 2mg/L$,总磷预计可降低 50%。

(3) 塘的个数

大多数是三个塘串联运行,但是单个水葫芦塘也运行得很成功。以去除污染物和营养物为目的时，以多塘串联为好，如果主要用于控制出水的藻类，使用单塘即可。水葫芦因生长茂盛遮盖塘面而阻止阳光透入水中，并且对水中的营养物有很大的摄取同化和储存能力，从而排斥了藻类的生长和增殖。

（4）有机负荷

处理原生活污水的水葫芦塘，当有机负荷$\leqslant 3.0 kg$ $BOD_5/(ha \cdot d)$时，将具有良好的运行效能，而且不会出现臭味。

接纳二级出水或塘系统出水的水葫芦塘，在有机负荷$31 \sim 197 g\ BOD_5/(ha \cdot d)$范围内，所有的塘系统的出水的$BOD_5$和SS都低于二级出水标准30mg/L。此外，还能显著降低进水中总氮和总磷的含量。

（5）水力停留时间

大多数水葫芦塘系统的理论水力停留时间为$5 \sim 7$天，但有少数塘系统则长达$22 \sim 67$天。实际的水力停留时间都短于理论计算值，两者的比（亦称容积有效利用系数），对于狭长的矩形塘约为0.75，对于圆形或自由形状的塘$\leqslant$0.5。而要比较准确地确定实际水力停留时间和这一比值，可应用放射性或染料示踪法进行实测。

（6）运行和维护

在水葫芦塘用于去除营养物时，应把塘中水葫芦株体保持快速生长阶段，为此必须经常捞出老化的株体。这会增加运行/维护费用，收获的水葫芦也需加以处理和利用，可用作家禽、家畜的饲料，也可投放鱼塘用以喂鱼。但因水葫芦产量极大，如我国一些水葫芦塘亩产达3万～4万千克。因此，还研究了将水葫芦厌氧消化生产沼气，堆肥，以及塘发酵生产乙醇等。

美国制定的水葫芦塘设计标准列于表2-7。应当指出其中有些数据是比较保守的，如负荷、停留时间等。有些研究和实际应用经验证明，在更高的有机负荷下和更短的停留时间内也可达到很高的处理效率。例如，在巴西的巴希亚省（Bahia）的一处水葫芦塘，其表面积 1200m³，长 223m，宽 5.4m，平均水深 0.8m，体积 960m³，停留时间 4.5 天，水力负荷 3360m³/(ha·d) 和有机负荷 750kg/(ha·d)。其 SS 和 BOD_5 去除率分别为 96% 和 91%。试验发现，水葫芦的蒸腾作用显著，致使出水流量仅为进水流量的 65%，经换算可得真正的 BOD 去除率应为 96%，而 SS 去除率应大于 99%，在整个试验期间出水外观清澈，无任何明显的颜色和臭味。此外还发现在水葫芦须根上固着有微生物膜，从而增加了塘中活性微生物的数量，而且用显微镜检验确定须根上的微生物都是严格好氧的。这一好氧区只能用存在着水葫芦来解释，因为在这样高的有机负荷下没有水葫芦的普通塘中实际上是不可能有好氧区的。美国的一些研究证明，水生植物具独特的通过其叶、茎和根输氧功能。例如，水花生入水中输送氧的速率（按每单位质量的根组织计）为水葫芦的 2.5 倍，而后者的输氧速率又为水浮莲的 4 倍。在盛装污水的 500mL 烧瓶中，有水葫芦的烧瓶中比对照烧瓶中的 DO 增加了 10 倍。水生植物将 O_2 输送至根区对支持根区好氧菌氧化降解有机物起着重要的作用。研究发现，在水生植物塘去除的 BOD_5 中，有 90% 是由水葫芦或水花生输送的 O_2 来完成的。

水葫芦塘还可用于处理多种工业废水。一些研究证明，水葫芦能通过根须的吸附而有效地除去重金属镉、锌、铅、砷等，但因此收获的水葫芦因富集有重金属不宜用作饲料和肥料，因此，用水葫芦塘处理重金属废水应持慎重态度。用水葫芦先去除废水中的金属然后再予以回收，则是更为可取的方法。例如，巴西试验了用水葫芦从含银废水（含 Ag

40mg/L）养殖 24h，然后收获，用自来水冲洗在 11℃下烘干 48h，进行热解和化学消化，最后以金属银的形式回收。回收率 70％，纯度 98％。

用水葫芦处理纺织工业废水的小试也得到很好的结果。在停留 3 天的条件下，各种污染物的去除率为 SS 约 100％，BOD_5 99.2％，COD 90.7％；电导率 53.9％；TDS 57.2％。停留 4 天后各种矿物质的去除率为 Ca 41.2％，Mg 43.0％，TN 77.9％，TP 54.8％，Na 53.5％和 K 91.4％。

2.4 完全储存塘（封闭式储存塘）

完全储存塘，亦称完全蒸发塘，是依靠蒸发对污水进行处理和储存的，由于它易于运行和不必排放处理后的水，完全储存塘成了气候适宜和有空闲土地可利用的一些小城镇的有吸引力和经济的代用处理方法。完全储存塘既可用于接受原污水，也可接受经部分处理的污水。

完全储存塘可与其他处理方法结合，如慢速渗滤和人工湿地等，而形成综合处理系统。虽然这样的系统不再是完全储存塘的概念，但是这可以使完全储存塘更加广泛地适应于不同的地方和环境条件。

2.4.1 基本特征

完全储存塘（图 2-8）跟其他废水处理塘的主要区别，在于其处理后的水不排放。其他的处理塘，或连续排放或间歇排放其处理水，并且以此作为确定塘尺寸的设计依据。通常为了达到所需的废水处理程度或出水标准，采用相适应的污染负荷率和水力停留时间来设计处理塘。而完全储存塘则不同，确定其大小的主要基准，是为使进塘废水流量与由塘表面完成的年净蒸发量之间达到平衡所需的表面积。

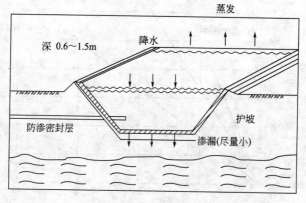

图 2-8　完全储存塘

　　由于废水在完全储存塘中的处置依赖于蒸发，故使用这种塘一般受到气候条件的限制，只有在有显著湿度亏缺（亦即年蒸发量与年降水量之差≥760mm）的地方才可使用。在某些情况下，特别是当二级出水排入水体不符合要求而需要再进行昂贵的高级处理，而用土地处理又无条件的时候，完全储存塘在湿度亏缺较小的地方使用也可能是经济的。但是，塘的大小，占地面积和基建费用将大为增加。

2.4.2　设计要素

　　应用图 2-9 可根据不同进水流量和湿度亏缺粗略地确定完全储存塘的大小。由此查得的数据可用来做初步规划以确定完全储存塘系统是否比其他处理系统更适宜，为获得更详细的设计资料，可参考美国 FPA 设计手册。更可靠的办法是在现场用要处理的废水进行蒸发试验，以获得确切的设计参数。

　　在完全储存塘中要考虑沉积污泥的最后处理。其中的污泥比其他类型塘中的污泥可能含有较高浓度的不挥发性物质。

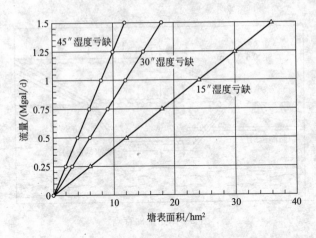

图 2-9　确定完全储存塘大小的计算图表

　　这种塘的一项主要的设计准则，是对塘充分密封以防止过量的泄漏或渗漏。根据设计，是要使完全储存塘依靠表面蒸发来排放废水。在有些情况下，也可以允许有限数量的渗漏，并在设计中考虑进去。如果塘密封不好，那么实际的泄漏或渗漏量会大大超过设计值。结果会污染其下面的地下水。

2.5　水文控制排放塘

2.5.1　概述

　　在水污染控制方面，目前许多城镇面临的问题，是需要扩建已有的或建造新的可靠的水处理设施，以保护受纳水体的水质。为解决这一问题所需支付的费用成为这些城镇的重大财政负担。

　　最近美国有些城镇与其工程咨询公司和有关管理机构合作，开发了水文控制排放塘（Hydrograph Controlled Release lagoons，简称 HCR 塘）作为满足其受纳水体自净能力而排放废水的。与机械处理系统相比，水文控制排放塘具有如下优点：

① 可与现有的污水处理厂配合使用；
② 运行/维护费用节省；
③ 能耗降低；
④ 降低了运行的复杂性。

2.5.2 工作原理

河流的自净能力，通常与流量有关，不过其他因素如水质和温度也有影响。水文控制排放塘的主要功用，是在受纳水体的流量低和其接受排放污染负荷的能力有限时，使废水排放受到限制，将超过允许排放负荷的那部分出水储存于 HCR 塘系统中。随着水体流量的增加，以及相应地其自净容量的增加，原先储存于水力控制排放塘（HCR）的处理厂出水就可排于受纳水体。

现在，HCR 塘的应用仍限于塘处理系统。在这些系统中，HCR 塘在受纳水体流量小和自净容量小而必须限制出水排放时用作储存塘，而在其余时期则作为整个处理系统的一部分。我国黑龙江省因冬季长（冰封期 5～6 月），气温很低，此时期塘系统的处理效率低，而同时河流的流量低加以冰封，低温，使其自净能力很低，因此大多数城市污水和工业废水（主要是甜菜、制糖、制浆造纸、石油化工、林产化工等废水）的塘处理系统都有储存塘，以实现冬季（冰封期）储存和其他季节的处理和排放（或利用）。

HCR 塘的构造与废水处理塘相似，不过它们是按塘深变动而设计的。一般这种塘是按最小深度 0.6m 和最大深度 2.5m 设计的，HCR 塘的大小，既与受纳河流的流量逐日变动图形有关，与处理厂流量有关。HCR 塘代表性的停留时

间为 30～180 天，具体值取决于当地的气候条件，受纳水体
自净容量逐日的变化，以及处理系统本身的处理效率和出水
流量等因素。通常 HCR 塘的排水量是根据水文站测定的受
纳河流的流量按比例控制排放的。

2.5.3　HCR 塘的优点

　　根据受纳水体枯水期出水水质的限制，往往需要比平水
期和丰水期达到更高的处理水平。如果在枯水期能将一部分
处理厂的出水储存于 HCR 塘中，那么就可按较低的处理程
度来设计污水处理厂。因为处理厂的基建，运行和维护费用
随着其处理程度和级别而急剧增加，所以使用 HCR 塘可以
使处理厂的基建和运行/维护费用大为节省。此外，因其长
的停留时间而具有强的净化能力，从而能显著提高现有处理
设施的出水水质，使之符合更加严格的出水排放标准。

2.5.4　设计要素

　　HCR 塘并不是在所有情况下都是其他处理系统的经济
的代用方法。在设计中必须考虑如下因素：
　　① 现场有无可利用的土地；
　　② 受纳河流对排放废水的要求；
　　③ 受纳河的流量形式。
　　由于建造 HCR 塘需要相当大的面积，如果在处理厂附
近缺少适宜的场地，则可能使 HCR 塘的建造是不经济的。
受纳河流流量与处理厂流量之比，如果全年都是低值的而且
对排入的废水的要求全年都是严格的，则 HCR 塘的变动流
量排放特性将不会发挥多大的效用。

第 3 章

高效复合塘生态系统

3.1 高效复合生态塘

高效复合塘生态系统，是一种新型塘环境污染治理技术。该技术是在早期的藻菌共生塘、双功率曝气塘、多级串联塘的基础上发展起来的高效污水处理塘。该系统继承了藻菌共生塘利用藻类和细菌共同作用净化污水，同时利用藻类为细菌尤其是好氧菌提供氧气的优点，成为半自然的无动力处理塘。后期为了提高塘系统的处理效率，同时为了抑制藻类的大量增殖导致出水水质浊度、BOD增加，研发了双功率曝气塘，通过人工曝气设备提高溶解氧的值抑制藻类的生长，同时为好氧菌提供氧气。以及其后的多级串联塘都致力于改善水质，抑制藻类的大量繁殖。为此，在研究国内外塘系统，以及在国内塘系统的工程实践过程中，创新设计了这类高效复合生态塘系统，用于污水处理，并取得了很好的效果。

高效复合塘生态系统的核心思想是：通过人工强化机制，重建和强化塘生态系统，提高塘处理系统的处理效率，减少占地面积，降低建设投资；利用人工强化机制使塘系统中的生物量增殖，形成丰富的细菌、原生动物、后生动物、浮游生物等生物的生命活动，对水中污染物进行分级、转移、转化，从而使水体得到净化。

具体净化过程是：分解者细菌和真菌在厌氧、兼性和好氧环境中将有机污染物分解为二氧化碳、氨氮和磷酸盐等；藻类和其他水生植物通过光合作用将这些无机产物作为营养物吸收并参与其机体新细胞的合成，并使其生长与增殖，同时放出初生态氧，供好氧菌继续氧化降解有机物；增长的微型藻类和细菌、真菌作为浮游动物（如轮虫和水蚤等）的饵料而使其繁殖，它们又作为鱼的饵料而使鱼繁殖；由此可形成许多条食物链，并构成纵横交错的食物网生态系统。其中的有机污染物不仅被细菌和真菌降解净化，而其降解的最终产物作为碳源、氮源和磷源，以太阳能为初始能源，参与到食物网生物中的新陈代谢过程，并从低营级到高营养级逐级迁移转化，从而实现了污水净化。核心技术实施的关键点如下。

（1）创造适宜多种生物生息繁衍的水环境，人工增加水体生物量，并采取生物保持技术，保证在水体内生物的有效数量。提高生物净化的效率。

（2）微生物固着技术：通过人工固着技术，使水体内增殖的藻类、细菌等微生物固着生长，防止大量增殖的微生物随水流出导致出水的浊度升高，BOD增加。

（3）人工增氧技术：利用在塘内布设的曝气设备，采用适宜的曝气方式，为增量的生物提供呼吸所需氧气。

（4）人工布水技术：通过折流墙、布水管道、布水花墙改善水体流态，提高水在塘系统的停留时间，提高塘系统的处理效率。

该系统的优势有如下一些。

（1）采用该工艺具有长期的水体净化效果，可以长期持续。（外界条件治疗）

（2）强化水体的自修复能力，增加自身的生态修复机能，形成自净保持能力。（自身强化免疫能力提高）

（3）建设成本低，利用了原有的塘、沟、渠进行建设；无需更多的工程投资。

（4）运行成本低，进入熟化期后运行成本接近零，尤其是夏季运行成本很低。

（5）易于管理，采用计算机远程基站式控制系统，可以在中央控制室内管理塘内的设备，无需现场操作，节省人力。

3.1.1　生物量增加与保持技术

　　污染水体里的生物量尤其是有益的生物的数量很少，一般低于 100 个/L。为了实现对水体的长效的治理，必须提高生物量，并维持其数量，不能使其随波逐流，出现生物量的流失。因此生物增量技术和保持技术，是高效塘生态治理的重要技术。在该技术中我们采取了哈工大自主填料（HITBL2000）介入技术。在塘系统的各个功能单元，根据功能的不同布设不同密度的生物填料 HITBL2000，由于填料的介入，在填料表面形成大量的生物膜，提高了生物量和生物多样性，一般在填料生物膜上从里到外分别分布有厌氧、兼性和好氧细菌，填料挂膜后质量增加 30%～40%，生物量为没有填料介入水体的 1000 倍以上。硝化和反硝化细菌具有附着生长特性的，它们数量增加更大。因此，通过生物填料布设，提高水体的生物量，对于取出水体的有机污染物以氨氮等污染物具有极其重要的作用。

　　在布设填料的水体内，有益生物菌群由于填料的固着作用，不会发生生物量流失现象。同时，水体的波动，水力流动冲刷作用还有利于生物膜的脱落，生物的世代更新，保持生物活性，脱落衰老的生物又将成为浮游生物的饵料，形成食物链。促进有机物、氨氮、磷等污染物沿生物链的逐级传递，实现污染物的生物降解，达到水质净化的目标。

　　填料在实现生物量增量和保持作用（图 3-1）的同时也增加了对进水水质的波动产生的冲击负荷的抗性。能够应对水质、水量、水力流态的变化。保证实现全水况、全工况下对水质的净化作用。

3.1.2　人工增氧技术

　　由于生物量的增加，使水体内的生物物种更加丰富，尤

图 3-1　生物填料生物量增值与保持

其是好氧菌的增加，为了维持好氧生物的活性，必须人工增氧，为此采用高效水力旋流曝气机（景观喷泉）进行人工增氧。并根据各功能段内增加生物量的情况、水质污染情况、治理河段的常水位情况，确定曝气机的数量和选型。

（1）潜水曝气机增氧技术

这种曝气机的工作原理：当主轴转动时，随主轴旋转的叶轮在它的前后区域形成了一个较强的负压区，从而将空气吸入水下，吸入的空气被高速旋转的水流强烈切割、破碎和乳化，使气泡直径迅速减小，促使氧分子从气相中迅速地扩散入液相中，由此实现气水之间的充分混合；同时携带氧分子的水和微小气泡在水流的推动下以一定的角度向前推进，形成文丘里射流混合效应，从而使氧气得到充分的溶解，使作用水体中的溶解氧（DO）大幅度升高。这为微生物对污染物的生物降解和同化，使污水净化和污泥消解减量提供了保证条件。

这种类型曝气机具有如下特点。

① 效率高，其动力效率根据不同功率可达 $1.6 \sim 2.0$ kg O_2/kW·h。

② 既能在深水中曝气充氧，也能在浅水中曝气充氧，且有较高的充氧效率；适合水位的高低波动。

③ 利用叶轮的水下负压进气和大紊流度线性推进两种特性，使其不仅具有曝气充氧功能，而且具有搅拌作用；

④ 动力设备是潜水电机，安装后在水下工作，不仅冷却条件好，而且不会产生噪声污染；同时电机与曝气机同轴连接，减少了机械磨损，提高了机组效率。

⑤ 潜水电机的主密封为两道串联式机械密封，同时还采用了多道辅助密封系统，保证了电机的防水密封的可靠性；电机内设有漏油、定子超温、缺相、短路等多项报警保护系统，使用安全、可靠。

⑥ 采用户外整体结构，无须建造专用厂房和建造安装平台，综合投资节省，可安装在浮筒上或直接固定在水下。若采用浮筒固定方式，其安装、维护和运行方便，在河道中能在水位上下浮动的情况下正常运行。

⑦ 不受处理池或者水体的形状和大小的限制，可单机运行，也可多机运行，而且为了保证良好的推流水力流态和充分的曝气充氧和水、气、泥间的混合，可做因地制宜的优化布设。

使用条件为：水温 0～45℃，液体 pH 值 4.5～9.0。

(2) 跌水曝气增氧技术

利用自然地势的高度差，在各级塘单元之间形成跌水曝气，利用水力由高处到低处的重力跌落，形成充氧曝气，既节省能量，又可以提高水体的氧溶解量。是一种无动力曝气方式。在山区、坡地比较容易实现。

3.1.3 高效复合塘生态系统基本结构单元

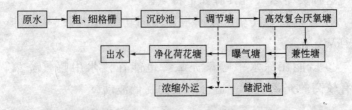

3.2 高效复合塘生态系统水环境特点

3.2.1 温度分布特点

温度是一个重要的生态因子。首先，温度影响生物个体的生长、繁殖和生理生化活动；其次，温度的季节变化以及纵向的梯度分布导致塘系统生物分布随季节的交替，进水温度的影响，塘系统温度分布存在较大的时空差异性。

3.2.1.1 水体温度季节变化

温度的绝对高低取决于塘系统建设的地理位置，即纬度影响绝对温度，纬度越高，塘系统的环境温度越低。例如大庆青肯泡生态的环境温度为 $-23 \sim 32℃$，而深圳番禺养猪废水处理生态塘的环境温度为 $5 \sim 40℃$。温度的纵向分布主要是由于水的深度影响。在厌氧塘、兼性塘由于水的深度为 $4 \sim 9m$，温度在纵向上的分布有一定的差异性。

气温随季节呈现周期性变化，而水温随气温而变化，季节的交替也是导致水温存在时空差异的重要因素。在春季由于表层水温增高，其密度小于下层较冷的水，形成水温不同的两层结构。在塘单元水体的上层表面带，水温较高，其特点是水温随水深变化缓；在塘下层静水带，水温较低，其特点是水温随深度降低变化较小；在两层之间水温随水深急剧下降的变温层，也称过渡带，较小。在夏季表层水温继续升高，变温层位置下移，水温垂直分层更为显著，夏季塘水体温度三层分层现象更为明显。表面带，这个区域受风的影响，氧气和浮游生物较多，温度随深度增加缓慢下降；过渡带，该层每深度增加 $1m$，温度下降 $1℃$ 左右；底层静水层，全年温度基本不发生变化。到秋天，塘单元上层水温开始冷却，并且冷水的厚度不断增大，水的密度同时也逐渐增加。当塘上层水温比塘底层水更低时，上层水团下沉，下层水团上升，两层水团互相混合，使水温逐步恢复到冬季等温的状况。如图 3-2 所示。

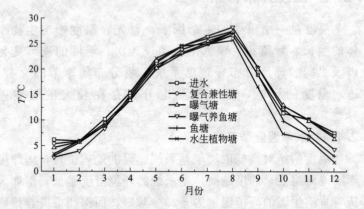

图 3-2　生态处理系统温度逐月变化曲线

3.2.1.2　塘系统热量传导方式

塘系统单元中热量传到塘水深处并产生塘水温分层的热学特性是由塘系统中的对流混合及涡动混合决定的。对流混合是因上下水团质点的密度差而引起的水团间的垂直交换作用。涡动混合是由于风力、曝气设备等动力学因素引起的水团运动，也称湍流混合或摩擦混合。

对流混合作用只有在表层水温接近 4℃，其密度比底层水团大的情况下才能发生。如东营生态塘系统在秋季塘的水温为 3℃，当表层水增暖到 4℃时，因为水团密度大而向下沉入塘水体的深处，同时深层 3℃的水团密度相对比表层小而上升，这种对流混合作用一直进行到整个塘体水温达到 4℃为止。如果塘水温度高于 4℃，表层水温降低到 4℃时，对流混合作用将使塘体水温变冷。

此外，涡动混合也是水环境热运动的重要作用，在风力等因素的影响下，或者在曝气塘单元这种混合作用可使表层温暖的水团达到塘的底层进行热交换。

3.2.1.3 进塘污水水利条件对塘系统的温度分布影响

在生态处理系统中，水温不仅影响到各生化反应速率，还直接影响各处理单元的水力条件。一般情况下单元进水温度高于水体温度时，进水密度小于底层水体，这种情况下如果进水口布设在水面上，污水仅在塘处理单元水体表层流动，这就导致了短流的产生，使水体停留时间降低，并进一步破坏了水体中污染物的扩散和物质传递过程。因此进水口的合理布设尤为重要。

对于厌氧塘在设计时采用污泥发酵坑工艺，在厌氧塘的前端形成水力折流，而且在春季、秋季、冬季进塘污水的温度高于塘水体温度，有利于水的是对流交换，厌氧塘前端水体温度在一年四季的温度分布较为均匀。

对于曝气塘，尤其是安装潜水曝气设备的塘体，由于曝气设备的搅拌作用，在水体内形成水力湍流，有利于热量的交换，因此，曝气塘全年水体温度的分布较为均匀。

好氧塘由于水深较浅，因此，温度分布的差异较小。

因此，整个塘生态系统一般在厌氧塘的后端，兼性塘存在一定的温度分布梯度，而其余的塘体的温度分布趋于均匀。

3.2.1.4 水环境的结冰现象

纯水的冰点为0℃。但由于塘系统的处理对象为污水，污水中含有大量的无机和有机污染物，所以塘处理系统的冰点低于0℃。而且由于塘污水处理系统的进水水温较高，即使在齐齐哈尔、大庆、内蒙古这些寒冷地区，进水的水温也一般为10～15℃，这将导致前端的厌氧塘、曝气塘即使在冬季也不会发生结冰现象。但是后续的处理单元例如好氧塘，在冬季一般会结冰，但是结冰期较短。

3.2.2 溶解氧分布特点

许多气体，如 O_2、H_2、N_2、CO_2、CH_4、NH_3、H_2S，以及惰性气体都能溶解在水中，但我们更关心的是氧气和二氧化碳。溶解氧是水环境中绝大多数生物生存的必要条件。二氧化碳是水生植物光合作用必需的重要物质。它们对塘生态系统的有效运行起着至关重要的作用。

复氧作用和耗氧作用是影响水体中溶解氧浓度的两个过程。在稳定塘系统内 DO 的变化来源于水生生物的呼吸、大气复氧、机械曝气、有机物降解和硝化等过程，其中藻类的光合作用和有机物降解过程是生态处理系统中 DO 变化的决定因素。这就导致随藻类种类及污染负荷的差异，不同季节和水环境中 DO 遵循不同的变化规律；而各生态单元 DO 的变化过程又在一定程度上影响着污染物去除规律、系统内微生物种类以及污染物的去除机制。因此了解系统内 DO 的变化分布对确定特征污染物的去除过程有重要意义。

在自然情况下塘系统水中氧含量服从气体溶解度定律（亨利定律），即气体在水中的溶解度与其分压成正比，氧的浓度为一定温度和压强下的饱和浓度。当水体中氧的浓度高于饱和值，氧气便逸出；低于饱和值，氧气则继续溶入水中。塘系统中的溶解氧浓度随温度降低而升高。在 1 个标准大气压（101325Pa）下，空气的氧含量为 20.9%，水温在 0℃与 30℃时，氧气在自然水体中的溶解度分别为 14.62mg/L 和 7.63mg/L。

水中的盐含量也影响溶解氧浓度，盐含量升高，溶解氧浓度降低。在同样温度与大气压力条件下，含有无机盐的污水的溶解氧浓度仅为自然水的 87% 左右。

塘系统在正常情况下溶解氧浓度接近饱和状态。在夏季水生植物生长旺盛时，由于光合作用放氧，可以使水中氧处于过饱和状态，氧的相对含量可超过100%。在夏季，水温高，光照强，光合作用也强，溶解氧也容易处于过饱和状态。

大气压力也明显影响水中溶解氧的浓度。当大气压变化时氧的含量也会发生明显变化，压力增加，水体中溶解氧的浓度上升，所以在不同的纬度建设的塘系统溶解氧会随大气压的变化而变化。

水环境中的耗氧作用主要由水生生物的呼吸和死亡有机体的分解等过程决定的。这些过程与水体增氧作用决定了水环境中的溶解氧的水平。

(1) 在厌氧塘中，由于入塘污水的有机物浓度不高，加之植物生长期内藻类在塘内的繁殖，因此，在生长期内厌氧塘表层水中往往含有微量的DO。兼性塘在植物生长期，表层水与底层水DO相差不大，好氧塘由于塘水浅，水中的DO无分层现象。在冬季，由于入塘污水具有一定的温度，因此厌氧塘整个冬季不结冰，大气复氧以及原污水中含有的DO，能使厌氧塘表层仍然维持微量的DO。

(2) 兼性塘此时藻类生物量锐减，加之冰盖的形成，光合作用减弱，致使兼性塘内的DO值明显降低。而好氧塘冬季虽然被冰层覆盖，大气复氧停止，但水中仍能维持较高的DO浓度。这是由于冰封前水中DO值较高，且冬季水体的耗氧速率较低以及藻类的光合作用所致。

(3) 曝气塘DO较高，如图3-3所示。可以看出，在该单元中随深度增加DO降低幅度减缓，水体DO与水深保持较好的对数关系。但不同的条件下DO的降低幅度不同，当表层水体DO较高时，DO降幅较大，仅在表层1.0m内，DO的降低幅度超过25%，并且当水深超过2m时DO才达到相对稳定；而当表层DO较低时，表层1.0m内DO的降幅仅有18%，并且DO在水深1.0m处即达到相对稳定。按照这个变化趋势，可以推断曝气养鱼塘中表层和底层 DO 的差值小于 1.5mg/L，因而当表层水体 DO 超过 3.5mg/L 时即可以保证单元内好氧微生物的正常生长。此外，从图 3-3 还可以看出沿水流方向，曝气塘内水体的 DO 逐渐增长，并最终在约 400m 处达到稳定。这说明在该生态单元中随水流推进，有机物降解和硝化作用的耗氧速率逐渐降低，并最终与系统自身产氧速率相平衡，这有利于后续生态单元内鱼类的生长。

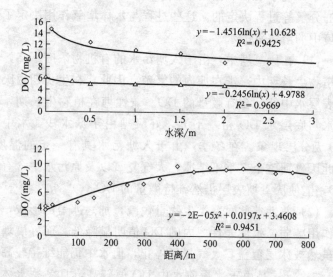

图 3-3　东营曝气塘 DO 沿深度和水流方向分布

3.2.3　pH 值的变化规律

塘生态系统水中 pH 值主要取决于进水的 pH 值、塘系统单元的土质的酸碱性以及水生植物的代谢能力。

（1）以齐齐哈尔塘生态系统为例，塘生态系统的土质对塘水 pH 值影响较大。一般生活污水进水 pH 值在 7.0 左右，而齐齐哈尔好氧塘出水的 pH 值增高到 8.0 以上，这与该塘生态系统建在碱土层上，碱性物质的溶出有密切的关系。

（2）pH 值与藻类光合作用强度有关。在藻类生长期内，塘内的 pH 值一般都高于非生长期，并且具有一定的滞后性。这是由于当藻类光合作用增强时，藻类对 CO_2 的吸收速率超过微生物的同化释放 CO_2 的速率，HCO_3^- 倾向于分解成 OH^- 和 CO_2，这就促进了水体 pH 值的相应增长；反之，水体中 CO_2 浓度增大，pH 值下降。因而在藻类含量较高的生态单元中，如曝气养鱼塘，pH 值与 DO 之间常保持较高的一致性。变化的滞后性，则是由于藻类生物量的变化所引起。在植物非生长期的初期，藻类尚未大量死亡，仍然保持着相当的生物量和光合作用能力，因而水中的 pH 值仍较高。

（3）在藻类非生长期，塘生态系统中的 pH 值普遍降低。例如北方冬季塘系统中的兼性塘、好氧塘冰封后，由于冰雪的覆盖阻止了大气的复氧和光的照射，塘内的光合作用大为减弱或完全停止，塘内因缺氧而发生有机物的厌氧分解，产生了较多的有机酸，从而使 pH 值有所下降。

（4）在厌氧塘，尤其是厌氧塘的前端，由于进水的有机物浓度较高，同时，在污泥发酵坑进行厌氧发酵，导致该部分的 pH 值有所降低。

3.3 高效塘生态系统的生态群落

高效塘生态系统的一个显著特征是水作为生物的栖息环境，水体中的各类污染物成为水生生物的营养物质，并在微生物捕食的过程中得以降解。由于水的理化特性，水环境在许多方面是与陆地环境不同的。水是一种良好的溶剂，具有很强的溶解能力。进入塘系统中有很多呈溶解状态的无机和有机物质可被生物直接利用，这给水体中大量存在的浮游生物提供了有利条件。另外，水的热容量大，热导率低，使得水环境中的温度状况稳定，有利于水生生物的生长发育。

一般情况下，塘生污水处理塘系统的生物群落主要由浮游动物、水生微生物，水生植物、底栖动物、鱼类等组成（表 3-1）。这些水生生物处于食物链（网）的不同环节，分布在塘水体的各个层次，其中不少种类是杂食性的，除了摄食食物链上的低等生物以外，还以水域中随污水进入的大量的有机碎屑作为食物，起到去除有机污染物净化水体的功能，它们一般有很大的活动范围。

表 3-1　齐齐哈尔安达塘生态系统生物群落组成

项　目	生 物 群 落 组 成
强化厌氧塘	细菌 藻类（主要为裸藻、绿藻、硅藻） 浮游动物（原生动物、轮虫、线虫）
普通厌氧塘	细菌 藻类（主要为裸藻、绿藻、硅藻） 浮游动物（原生动物、轮虫、线虫）
兼性塘 A	细菌 藻类（主要为裸藻、绿藻、硅藻、隐藻） 浮游动物（原生动物、轮虫、线虫、少量枝角类） 底栖动物（颤蚓、摇蚊、螺类） 鱼类（鲫鱼、泥鳅）
兼性塘 B	细菌 藻类（主要为裸藻、绿藻、硅藻、隐藻） 浮游动物（原生动物、轮虫、线虫） 少量底栖动物（颤蚓、摇蚊）
西兼塘	细菌 藻类（主要为裸藻、绿藻、硅藻） 浮游动物（原生动物、轮虫、线虫）
好氧塘	细菌 藻类（主要为裸藻、绿藻、硅藻、金藻、隐藻） 维管束植物（芦苇、水葱、浮萍、金鱼藻等） 底栖动物（颤蚓、摇蚊、蝇类、螺类） 浮游动物（原生动物、轮虫、枝角类、线虫、挠虫类） 鱼（鲫鱼、泥鳅）青蛙 鸭、鹅、野生水禽

塘生态系统中的微型消费者是污水中有机污染降解的基础和核心，它们的分布范围很广，但是通常以填料表面和水底沉积物表面的数量为最多，因为这里积累了大量的截滤的和死亡的有机物质。在合适的水温条件下，进入塘系统的有机物质会很快被微型消费者所分解，释放出简单的无机营养物质。塘系统中营养物循环的速度快，但微型消费者在其营养物再生中所起的作用小。

从整个塘系统来看，厌氧塘主要分布着兼性厌氧菌及专性厌氧菌，其他生物相对较少，该塘以分解者为主；曝气塘、兼性塘主要分布着细菌和藻类，有一定量的原生动物和后生动物，因此，曝气塘、兼性塘是以分解者和生产者为主构成的菌藻共生系统。好氧塘的生物群落极为复杂，除上述中的各类生物在好氧塘中均存在，此外，好氧塘中还有鱼、虾、鸭子、鹅等高一级生物。因此，好氧塘是由生产者、消费者和分解者构成的一个复杂的、比较完整的生态系统。在塘生态系统中，随着水质的改善，生物群落的组成越来越复杂，生物种类也越来越多。

3.4 塘系统中的主要微生物种群

3.4.1 塘生态系统中的细菌

3.4.1.1 细菌和真菌

广义地说水微生物应当包括细菌、真菌、放线菌、蓝藻和原生动物。

细菌属于原核生物，作为原核微生物其显著的特点为缺乏固定的细胞核，核质存在于细胞质中。大多数细菌是单个细胞，大小还不到 $1\mu m$。细胞按其形态可分为三类——球菌、杆菌、螺旋菌。球菌中又有不同的形状，如球形、肾形、半圆形、豆形等。杆菌中有长短、粗细、平直与弯曲、分枝与不分枝、两端同形或两端异形、有鞘与无鞘之分。螺旋菌中有旋转不超过 1/4 圈的称弧菌（Vibrio），有旋转 1～2 圈的称螺菌（Sprillum），有旋转多圈的称螺旋体（Spirochaeta）。

细菌的繁殖速度极快，一般进行成倍分裂繁殖，一个细胞分裂成两个相同的子细胞。而且其生长方式为单独生长或联合生长，包括成对、成链和成群生长。

真菌包括酵母菌和霉菌。所有真菌都是异养菌，从环境有机物中获得能量和碳源。大多数真菌是腐生物，死亡的有机物是降解的物质基础。塘系统的底泥中填料表面真菌十分丰富，并在水处理中发挥着重大的作用。酵母菌是单细胞真菌，靠芽体繁殖，每个母细胞产生大量的子细胞芽体，每个芽体发育成为一新的个体。塘系统的酵母菌以有机物为食并能捕食水体中的线虫。霉菌又称为丝状菌，产生成为菌丝体的细胞长链，通过产生孢子或与相近系统的结合进行繁殖，霉菌大量存在于填料表面和底泥中，以分解死亡的有机体为食。

3.4.1.2　细菌新陈代谢类型

污水中有机污染物的降解的重要途径之一就是微生物的代谢，为此将细菌按其代谢的营养类型进行分类，即根据其吸收营养物质和获得能量的方法来划分。营养来源有利用无机物作为碳源或利用有机物质作为碳源之分。能量来源有利用太阳能或利用化学能之分。根据这两个准则，首先把细菌分为自养菌和异养菌两大类，进而再把这两大类分为无机化学能、无机光能、有机化学能、有机光能等。现分别概述之。

（1）自养细菌（autotrophic bacterium）

利用 CO_2 作为碳源以构成细胞体。

① 无机化能自养菌（chemolithoautotrophic bacterium），它利用无机物如 NH_3，NO_2、H_2、H_2S 或其他还原物质的氧化能，也即在氧化作用中产生的能量。如硝化菌、氢细菌、无色硫细菌、硫化菌、甲烷形成菌、铁细菌等，这些都是无色的细菌。

② 无机光能自养菌（photolithoautotrophic bacterium），它利用太阳光的能量同化空气中的 CO_2，在光合作用过程中有色素参加。如蓝细菌、紫色硫细菌、绿色硫细菌。细菌的光合作用与植物的光合作用有所不同。以绿色硫细菌为例，它以 H_2S 作为 H_2 的供体，反应结果产生硫。植物以 H_2O 作为 H_2 的供体，反应结果产生氧。反应式为：$CO_2 + H_2O +$ 太阳能 $\longrightarrow 1/6C_6H_{12}O_6 + O_2$（植物），$CO_2 + H_2S +$ 太阳能 $\longrightarrow 1/6C_6H_{12}O_6 + H_2O + S_2$（细菌）。

③ 有机化能自养菌（chemoorganoautotrophic bacterium），它利用甲烷、草酸盐及其他有机物质的氧化能。

(2) 异养细菌（heterotrophic bacterium）

利用有机物质作为碳源以构成细胞体。

① 无机化能异养菌（chemolithoheterotrophic bacterium），如硫酸盐还原菌，某些甲烷形成菌、某些硫化菌等。在氧化 H_2 和 S_2 中获得能量。

② 有机化能异养菌（chemoorganoheterotrophic bacterium），如大多数的好气微生物、厌氧的反硝化菌、某些无色的硫细菌等。它靠氧化各种有机物质获得能量。

③ 有机光能异养菌（photcorganoheterotrophic bacterium），它利用太阳光作为能量，如紫色非硫菌，是兼性的，既可利用有机物作为碳源，也可利用 CO_2 作为碳源。

为了研究方便本书简单地把微生物分为三种生理类型：①自养型，从空气中同化 CO_2 作为碳源；②异养型，利用环境中的有机化合物作为碳源；③兼性异养型，既能从环境的有机化合物中获得碳，也能够同化环境中的 CO_2。

3.4.1.3 细菌的新陈代谢活动

塘系统中细菌的代谢活动是十分旺盛的，塘生态系统中的物质循环和平衡都离不开细菌的活动。细菌大致上可分为四种新陈代谢的类型：细菌性光合作用（bacterialphotosynthesis）、化学合成的氧化作用（chemosynthetic oxidation）、发酵作用（fermentation）和好氧呼吸作用（respiration）。现分别描述这四种与物质循环有关的新陈代谢类型。

(1) 细菌性光合作用

全部光能利用细菌属于红螺细菌目（Rhodospirillales）。此目有 3 个科：①红螺菌科 Rhodospirillaceae，细菌能在硫酸盐、亚硫酸盐中生长，亚硫酸盐作为光合作用的唯一的电子供体，代表属有红螺菌属 *Rhodosprillum*、红假单胞菌属 *Rhodopseudomonas*；②色硫菌科 Chromataceae，在细胞内堆成硫滴，代表属有囊硫菌属 *Thiocystis*、八球硫细菌属 *Thiosarcina*、硫螺菌属 *Thiospirillum*；③绿硫细菌科 Chlorobiaceae，是绿色的细菌，代表菌种有嗜硫代硫酸盐绿硫菌 *Chlorobium thiosulfatophilum*、绿假单胞菌属 *Chloropseudomonas*、突柄绿菌属 *Prosthecochloris*。在细菌性的光合作用中有色素体参加反应。光能利用细菌中最常见的色素是菌叶绿素和胡萝卜素。菌叶绿素 $C_{55}H_{74}O_6N_4Mg$ 与植物的叶绿素 a 结构相似，不同的只是在第一个吡咯环上用乙烯基取代乙酰基。已知紫色和绿色的硫细菌含有菌叶绿素。胡萝卜素有 α-，β-，γ- 3 种同分异构体。在塘系统中，由于泥和底层水中的有机物质进行厌氧分解产生 H_2S。游离的 H_2S 从厌氧环境中达到透光层的水团中，在这地区光合硫细菌就获得发展，它们是厌氧的细菌，也是硫的氧化细菌（sulfur oxidizing bacteria），包括两大类：绿色的硫细菌（绿杆菌科 Chlorobacteriaceae）和紫色的硫细菌（红硫菌科

Thiorhodaceae)。绿色硫细菌利用太阳光作为能量来源，利用 H_2S 作为 H 的电子供体，把 CO_2 还原为葡萄糖，称为 CO_2 的光合还原作用（photosynthetic reduction），反应式如下：

$$CO_2 + 2H_2S + 太阳能 \longrightarrow CH_2O + H_2O + 2S$$
$$2CO_2 + 2H_2O + H_2S + 太阳能 \longrightarrow 2CH_2O + H_2SO_4$$

绿色硫细菌中的绿硫细菌属 *Chlorobium* 和暗网菌 *Pelodictyon*，一般是单细胞的、不能活动的细菌，可在细胞膜外产生 S 颗粒。此外，硫化物在此反应中也可被绿色硫细菌氧化为 S 及 SO_4^{2-}。绿色硫细菌能忍受很高浓度的 H_2S。紫色硫细菌在 CO_2 的光合还原作用中利用太阳能以氧化 H_2S 及其他还原性硫化物（如 $Na_2S_2O_3$）为硫酸盐。这类细菌通常较大，十分活泼，能在细胞内沉淀游离 S，对 H_2S 的耐受力不如绿色硫细菌，如板硫菌属 *Thiopedia*、荚硫曲属 *Thiocapsa*、囊硫菌属 *Thiocystis*、红鞘菌属 *Rhodotheca* 等可以利用 $Na_2S_2O_3$ 作为电子供体进行光合自养作用。还有一类紫色非硫细菌（红色无硫菌科 Athiorhodaceae）也包括在有色素的光合作用细菌内，包括红假单胞菌属 *Rhodopseudomonas*、红螺菌属 *Rhodospirillum* 和红微菌属 *Rhodornicrobium*。它们是兼性的营养类型，即既可营光合自养作用，又可以依赖有机物进行好氧的或厌氧的异营养代谢活动。其中红假单胞菌属 *Rhodopseudomonas* 就可以在厌氧条件下利用 $Na_2S_2O_3$ 作为电子供体。

（2）化学合成的氧化作用

化学合成氧化作用主要是由无色硫氧化细菌完成的。

① 脱 H_2S

随污水进入塘系统的 H_2S 或者在厌氧发酵过程产生的 H_2S，以及在沉积物或底层水中产生的 H_2S 可以有三种途径被氧化降解。第一个途径称光合自养氧化作用（photoautotrophic oxidation）。第二个途径叫化学氧化作用（chemical oxidation），即 H_2S 从底部向上扩散时遇到氧而被氧化，不需要细菌参加，其反应的游离能为活的有机体所消耗。第三个途径称化学自养氧化作用（chemoautotrophic oxidation），是由无色的硫氧化菌（chemosynthetic，colorless，sulfuroxidizing bacterium）来完成的。它们大多是好氧菌，常与化学氧化作用竞争。这些细菌生活范围很窄，它们的生存区域内必须有 H_2S 和 O_2。

②氮循环

塘系统中无机氮主要以 NH_4^+、NO_2^-、NO_3^-、N_2O 以及 N_2 存在，有机氮主要以尿素、氨基酸、胺类、嘌呤、嘧啶等形式存在。

在塘系统中氮的循环主要借助于硝化细菌、反硝化细菌来完成。亚硝化单胞菌属 Nitrosomonas 可氧化 NH_3 为亚硝酸，然后硝化杆菌属 Nitrobacter 又氧化亚硝酸为硝酸，整个过程叫硝化作用。反应式为：

$$2NH_3 + 3O_2 \xrightarrow{\text{Nitrosomonas}} 2HNO_2^- + 2H_2O + 158cal$$

$$2HNO_2^- + CO \xrightarrow{\text{Nitrobacter}} 2HNO_3 + 48cal$$

这些无色硝化菌就是利用无机物 NH_3 的氧化能，把 CO_2 作为碳源还原为醣类，这就是化学合成的氧化作用，这类细菌就是无机化能自养菌。这种自养性的硝化作用发生在好氧塘的底泥、兼性塘填料表面、曝气塘中。亚硝化单胞菌属 Nitrosomonas 是嗜中温菌（mesophilic），有很广的温度适应范围（1～37℃）。最适宜是接近中性的 pH，硝化杆菌属 Nitrobacter 对低温和高 pH 的适应力差些。为了完成硝化作用要求一定浓度的溶解氧，对硝化菌的临界浓度为 $0.3mg/L$。如果塘系统中的溶解氧浓度很低或缺乏，则硝化作用就大大地下降，因为已超出了硝化菌的临界浓度了。

③ 厌氧发酵作用

污水有机物的厌氧发酵，是利用厌氧菌降解有机污染物尤其是难降解的有机污染物的有效途径，厌氧发酵主要是由厌氧菌、产酸菌、甲烷菌协同完成的。厌氧发酵的第一阶段为水解酸化阶段。在这阶段中细菌的第一步发酵作用为水解作用，第二步为酸性发酵作用。第二阶段是甲烷化阶段，即甲烷的发酵。第一阶段碳水化合物如淀粉、纤维等被水解为糖类，脂肪和油被水解为甘油和脂肪酸。水解过程是靠各种专性的细菌分泌胞外水解酶来完成的。水解后的氨基酸、单糖和甘油是可溶性的，可以被产酸细菌进一步发酵。氨基酸发酵过程的终产物是氨。在第二阶段甲烷发酵，有两种为主要方式。一种是以 CO_2 作为 H 的受体，被由有机酸来的 H 还原为甲烷。反应式为：$CO_2 + 8H \longrightarrow CH_4 + 2H_2O$。另一种是由复合有机化合物发酵产生的中间产物乙酸（acetic acid）转化为 CO_2 和甲烷，甲烷中的碳来自乙酸中的甲基碳，反应式为：$CH_3COOH \longrightarrow CH_4 + CO_2$。从乙酸转化为甲烷的产量占总有机酸产生甲烷的 70%。其次丙酸（propionic acid）也能产生甲烷。

④ 细菌好氧呼吸作用

好氧菌通过呼吸作用氧化降解水环境中动、植物的残体，以及所含有的碳水化合物、蛋白质及脂肪等较易降解的有机物。细菌和微生物转化和降解碳水化合物的第一步是水解。二糖与多糖水解后均可转化为葡萄糖。蔗糖、乳糖，半纤维的水解产物分别是果糖、半乳糖和木糖。水解后的单糖在细胞内作为能源被利用，并进一步转化为丙酮酸。丙酮酸在有氧条件下受乙酰辅酶 A 的催化作用进行三羧酸循环，最终氧化产物为 O_2。

$$2CH_3CHCOOH + 4H^+ + 6O_2 \longrightarrow 6CO_2 + 6H_2O$$

脂肪和油类物质是 C、H、O 组成的脂肪酸与甘油生成的脂类物质。好氧菌在有氧的条件下氧化脂类物质，丙酮酸在细胞内进行三羧酸循环，完全氧化成二氧化碳与水。

好氧菌氧化蛋白质的过程是首先在细菌体外，在蛋白质水解酶参与下水解蛋白质，断开肽链生成分子量较小的水解产物，蛋白质水解的第二步在细胞内进行。氨基酸在有氧条件下，通过氧化还原反应脱氨基生成饱和脂肪酸、二氧化碳和氨，或者产生相同碳原子数的羟基酸。

3.4.2 藻类

藻类属于自养形浮游植物，大多数为单细胞的单核或者多核的光合细菌或植物，不具备高等植物的组织和器官。在塘系统中大量存在。藻类的大小和型体差别较大，大型的肉眼可见，例如团藻和微囊藻的个体常常大于1mm，小型的种类的大小不到$1\mu m$或比细菌还小。绝大多数藻类是肉眼不可见的，需要借助显微镜才可以观测到。

大多数的藻类利用光合作用合成有机体获取能量，是塘系统食物链的基础，为塘生态系统中的其他微生物和异养菌提供食物。同时藻类也可能以碳的形式沉积在底泥中。

藻类的生长繁殖受到水体营养物质和 N、P 的微量元素的制约，如果光线充足，有机物浓度较高，藻类就能大量繁殖，成为塘生态系统的重要组成部分，与塘系统中的细菌形成藻菌共生体，协同作用完成对进入塘系统污染物的降解作用。相反如果塘系统营养匮乏，或温度、光强不适宜，藻类的分布将会发生变化，将不能发挥其在生态系统中的重要作用。

3.4.2.1 藻类的形态

藻类的形态多种多样，一般有跟足型（变形虫型），由原生体生出长短不一的伪足，类似原生动物中的变形虫，可运动。鞭毛型（游动型）裸藻和隐藻，具有鞭毛，能自主游动。胶群体型（不定群体型）细胞数目不定，群体不断增大，不运动。球胞型（不游动型），营养细胞不具鞭毛，不通过营养分裂繁殖，多以孢子繁殖，可以单细胞或一定数目的细胞联合成各种性状的群体。藻类是塘系统重要的生态单元，是塘系统基本的营养物质。

3.4.2.2 藻类的生殖方式

藻类的繁殖能力很强，其繁殖方式可以分为营养繁殖、无性繁殖和有性繁殖。

(1) 营养繁殖

通过专门的生殖细胞进行繁殖。

(2) 无性繁殖

由原生质形成孢子进行繁殖

(3) 有性繁殖

形成专门的生殖细胞配子，配子结合成合子，合子长成新的个体，或者由合子再形成孢子长成新的个体。

3.4.2.3 塘生态系统中常见的藻类

(1) 蓝藻（Cyanophyta）

蓝藻与细菌相似也称之为蓝细菌。单细胞丝状或非丝状群体，非丝状全体为板状、中空球、立方等形状，但大多数为不定形体，群体常具有一定形态和不同颜色的胶被。多生长于含氮量高的碱性水体中，一般适宜温度较高的环境，夏季会大量繁殖。

(2) 隐藻门（Cryptophyta）

多为单细胞，多数具有鞭毛，繁殖为细胞分裂。

(3) 甲藻门（Pyrrophyta）

多为单细胞，鞭毛繁殖为细胞分裂。一般为红色，是水生动物的饵料，大量繁殖。

(4) 金藻门（Chrysophyta）

藻体为单细胞、群体获分枝体，一般具有鞭毛。

（5）黄藻门（Xanthophyta）

藻体为单体，群体多核管状或多细胞的丝状体。无性生殖产生动孢子、似亲孢子或不动孢子，丝状种类通常由丝体断裂而繁殖。

（6）硅藻门（Bacillariophyta）

单细胞及群体，具有高度硅质化的细胞壁，壳体由上下两面壳体组成。各种水体均能生长，是大型浮游生物的饵料。

（7）裸藻门（Euglenophya）

大多数为单细胞，细胞裸露无壁，细胞质外层特化为表质，固定或变形。繁殖为细胞纵列，环境污染严重时，形成孢囊，宜生于有机物丰富的水体，易形成水华。

（8）绿藻门（Chlorophyta）

色素体与高等植物相似，含有叶绿素 a 和 b，叶黄素和胡萝卜素。长有一条或二条鞭毛。繁殖为营养繁殖，细胞分裂、藻体断裂，无性繁殖产生孢子，也能进行有性繁殖。

山东东营生态塘常见藻类见表 3-2。

表 3-2　山东东营生态塘常见藻类

项　目		厌氧塘	兼性塘	曝气塘	好氧塘	水生植物塘
蓝藻（Cyanophyta）	颤藻/Oscillatora	23.1	27.8	13.9	3.09	10.8
	蓝球藻/Chroococcus	20.6	46.3	60.2	4.63	
	微囊藻/Microcystis	95.2	53.2	83.8	8.49	63.3
	螺旋藻/Spirulina	2.57				
	片藻/Merismopedia	2.57	23.1	39.3	15.4	49.4
	鞘丝藻/Lyngbya					1.54
	项圈藻/Anabaena			2.31		
	隐杆藻/Aphanothece	33.4	48.6	475	54.8	324

项　目		厌氧塘	兼性塘	曝气塘	好氧塘	水生植物塘
硅藻(Bacillariophyta)	针杆藻/Synedra	12.9	20.8	39.3	2.31	10.8
	小环藻/Cyclotella	7.72		139	6.17	
	星杆藻/Asterionella	5.14		2.31		
	月形藻/Amphora	69.4				
	舟形藻/Navicula	12.9	4.63	11.6	3.09	9.26
	桥弯藻/Cymbella			11.6		
绿藻(Chlorophyta)	栅列藻/Scenedesmus			2.31	0.772	4.63
	卵囊藻/Oocystis					4.63
	新月藻/Closterium	5.14	4.63	6.94	19.3	44.8
	盘星藻/Pediastrum				0.772	
	角星鼓藻/Staurastrum	2.57				
	蹄形藻/Kirchneriella	20.6		27.8	6.17	12.3
	十字藻/Crucigenia			2.31		
	叉星藻/Staurastrum			2.31		
	小星藻/Micrasterias				10.0	29.3
	角棘藻/Tetraedron					17.0
	衣藻/Chlamydomonas	5.14		34.7		
裸藻(Euglenophyta)	眼虫藻/Euglena	7.72		6.94	57.9	18.5
	小椿藻/Characium				0.772	
	鳞孔藻/Lepocinclis		2.31	2.31		1.54

3.5 城市污水处理生态塘系统微生物分布特点

　　塘生态系统的进水水质、物理环境（气候、温度、土壤结构）、结构单元组成是影响塘系统微生物分布的重要因素。

尤其是季节的交替导致温度、光强的分布差异，因此，塘系统微生物分布呈现差异性。

太阳光照射到水面，由于水的折射、吸收和散射作用，其强度很快减弱，以致塘系统中的光照强度明显降低。在设计深度较大的厌氧塘中，能接受太阳辐射的"有光区域"所占比例较小，其中部分水层处于黑暗或光照极其微弱的状态。因此，厌氧塘中的光照条件，在很大的程度上限制了该处理单元细菌的分布。

3.5.1　细菌的季节分布规律

温度是塘生态系统中影响细菌繁殖的重要因素，而决定温度高低的环境因素是气候，季节的更替严重影响细菌的分布，一般地说，在塘系统中浮游细菌的生物量在冬季要比夏季为低。因为冬季温度低，低温环境限制了细菌的繁殖和生长，同时自源性的浮游植物和进入塘系统的外源性的颗粒有机物质的溶解量均降低。

另外研究表明异养菌和浮游植物的密切的关系。浮游植物的产量与细菌数量成正相关，在蓝藻和异养菌之间生长是平行的关系。并提出随着浮游植物种群的季节演替，细菌也有同样的演替，可分为春、夏、秋季细菌种群。Straskrabova 等（1979）发现在浮游植物达到高峰后 5～10 天细菌群落也明显增长，进入生长对数期。这是因为藻类细胞能分泌溶解有机物质供细菌生长，同时藻类的呼吸作用能够改善塘系统内溶解氧的分布，为异养菌提供溶解氧。浮游细菌的垂直分布也与藻类生长有关。用直接计数法在齐齐哈尔安达生态塘中，从 1998 年 4 月至 1999 年 3 月每隔 3～5 天进行一次细菌垂直分布调查。在 6 月中旬以后细菌的数量猛增，显然是跟随着浮游植物的高峰而出现的现象。如图 3-4 所示。

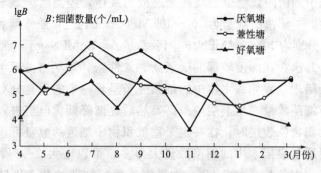

图 3-4　齐齐哈尔安达塘系统细菌数量的逐月变化

3.5.1.1　细菌数量的空间分布规律

在塘系统中由于进塘有机物的浓度沿处理方向逐渐降低，而且各处理单元的深度、光线分布情况、溶解氧水平、有毒害物质的分布都不相同，这也导致了细菌数量呈现出明显的空间分布规律。

首先有机物浓度沿处理方向逐渐降低，细菌是塘生态系统中主要的分解者，有机污染物经过其矿化作用，最终被分解成水和二氧化碳等无机物质，使污水得到净化。随着有机物的减少，营养匮乏不利于细菌的生长，导致了细菌数量的相应减少。塘系统塘内细菌的生物量表现出由厌氧塘——兼性塘——好氧塘逐渐下降的现象，即随着水质的净化，细菌的生物量逐渐减少。

在厌氧塘污水中，污染物的浓度高，细菌数量也相应较大，在好氧塘中，水质已大为好转，水中的有机物含量大大降低，限制了细菌的增长；同时，由于好氧塘的水深较浅，阳光紫外线的杀菌作用，以及高等动物的吞噬等，都导致了细菌数量的减少，因此，好氧塘中的细菌数量很低。在植物生长期，总细菌量和大肠杆菌群的年平均去除率分别为95％和99％左右；在植物非生长期则分别为60％和90％。

在整个塘系统中，底泥中细菌数量分布不均匀。塘系统底泥中细菌的数量也呈现逐渐递减的规律，经测定厌氧塘表层污泥中细菌的数量为 $10^9 \sim 10^{10}$ MPN/g 干污泥；兼性塘和好氧塘分别为 $10^7 \sim 10^8$ MPN/g 干污泥，$10^6 \sim 10^7$ MPN/g干污泥。

其次，在深度较深的厌氧塘、兼性塘、曝气塘由于水体的分层现象，导致水体中的细菌分布呈现一定的垂直分布规律。细菌数量在塘上层中最高，然后逐渐降低。但当进入塘底沉积物的表层时，在一定干重沉积物中细菌的数量可以比相同质量表层水中的细菌数量大得多，可以增大 3~5 个数量级，多的甚至大 6~7 个数量级。然后细菌的数量再随着沉积物深度增加而下降。下降得最快的是腐生菌，因为在水-沉积物交界面以下的地方可供细菌同化作用的有机物质含量越来越少之故。菌数量要比在深底带沉积物中细菌数量高好几个数量级。

第三，在各单元中藻类呈现垂直分布，塘系统中藻菌共生现象也决定了细菌的垂直分布与藻类的垂直分布具有一定的一致性。

3.5.1.2 兼性塘优势细菌种群

兼性塘中细菌的数量虽然略低于厌氧塘，但是它的细菌种群类型却远大于厌氧塘，是各塘中细菌种类最多的塘。这是由于兼性塘特殊的兼氧环境，为不同种类的细菌提供了差异性的生存条件。表 3-3 为齐齐哈尔安达塘生态系统中兼性塘的种群分布表。

表 3-3　细菌在齐齐哈尔安达塘东、西兼性塘中的分布

细菌种属	二月份				五月份				八月份			
	兼东		兼西		兼东		兼西		兼东		兼西	
	菌株数	百分比	菌株数	百分比	菌株数	百分比	菌株数	百分比	菌株数	百分比	菌株数	百分比
芽孢杆菌属	11	61.1	13	47.8	4	14.3	3	13.4	8	30.4	8	37.6
假单胞菌属	1	5.6	3	11.2	5	17.3	3	13.5	6	22.5	5	23.8
短杆菌属	3	16.7	7	25.8	4	14.3	2	9.4	2	7.8	2	10.0

细菌种属	二月份				五月份				八月份			
	兼东		兼西		兼东		兼西		兼东		兼西	
	菌株数	百分比	菌株数	百分比	菌株数	百分比	菌株数	百分比	菌株数	百分比	菌株数	百分比
产碱杆菌属	1	5.6	2	7.01	3	10.2	3	14.3	2	7.9	1	4.8
动胶菌属	0	0	0	0	1	3.1	2	9.3	2	7.8	0	0
无色细菌属	0	0	1	4.1	2	7.1	0	0	1	3.9	0	0
不动细菌属	0	0	0	0	1	3.0	0	0	0	0	3	13.9
微杆菌属	0	0	0	0	2	7.2	1	4.7	1	3.9	0	0
微球菌属	0	0	0	0	2	7.2	1	4.7	0	0	0	0
埃希菌属	0	0	0	0	4	14.2	1	4.9	2	8.1	1	4.9
柠檬酸菌属	0	0	0	0	0	0	0	0	1	3.9	1	5.0
克雷伯菌属	0	0	0	0	0	0	2	8.6	0	0	0	0
邻单胞菌属	0	0	0	0	1	3.0	1	4.8	0	0	0	0
志贺菌属	1	5.5	0	0	0	0	1	4.7	0	0	0	0
沙门菌属	1	5.5	0	0	0	0	0	0	0	0	0	0
葡萄球菌属	0	0	0	0	1	3.2	1	4.7	0	0	0	0
节细菌属	0	0	1	4.2	0	0	0	0	0	0	0	0
未知菌属	0	0	0	0	0	0	1	4.8	0	0	0	0
总菌株数	18		27		29		22		26		21	

表3-3说明，二月份芽孢杆菌属为优势菌属，其次是短杆菌属，这两个属的菌均为革兰阳性菌。

五月份，兼性塘中由于细菌的种类很多（约为二月份的2倍）。以芽孢杆菌属、假单胞菌属和产碱杆菌属为优势菌属，其次为短杆菌属、动胶菌属和克雷伯菌属。由于水温的升高，水质条件的改善，使细菌逐步从低活性状态进入旺盛的代谢阶段，因此，各塘分离出的细菌不但多，而且较为复杂。

八月份，兼性塘以芽孢杆菌属和假单胞菌属为优势菌属，其次为短杆菌属、产碱杆菌属、动胶菌属和埃希菌属。其中芽孢杆菌属所占比例较大。

总之，随着季节的变化，细菌的优势种属也相应发生了变化。在冬季，兼性塘以革兰阳性菌-芽孢杆菌为主；在夏季和春季，则以革兰阴性菌占优势。尽管如此，以细菌种群的变化来看，芽孢杆菌属始终处于优势地位。

芽孢杆菌属能形成对恶劣环境条件具有很强抗性能力的休眠体——芽孢，该属的菌为化能异养菌，可以利用各种底物进行严格呼吸代谢、严格发酵代谢或呼吸和发酵皆有的代谢，有些菌还具有反硝化作用。许多芽孢杆菌产生胞外水解酶，使多糖、核酸和脂类发生分解，并能利用这些产物作为碳源和能源，因此，芽孢杆菌具有广泛的适应性。在塘生态系统中，各种环境因素变化很复杂，尤其是温度，当冬季兼性塘处于冰封状态，温度处于 5℃ 以下，芽孢杆菌和其他细菌一样，活性低，代谢慢，处于休眠状态，所以，塘生态系统的净化效率较低；当温度升高，各种菌的代谢活性提高，种类增多，塘生态系统的净化效率逐步提高。

3.5.2 浮游藻类在塘生态系统中的分布特点

藻类为光合自养生物，藻类要不断地繁殖生长就必须有阳光，因此，大多数藻类生长在塘单元的表层有光区域，在水体里采取固着生长、附着生长和悬浮生长，其中多数为浮游藻类，在加入填料的塘体中附着和固着生长的藻类会成为主要的藻类构成体。而且在藻类的繁殖初期附着生长，后又脱离成为浮游类完成其生命循环，所以，在塘单元中布设填料对藻类的生长和繁殖更为有利。

3.5.2.1 浮游藻类的空间分布

(1) 水平分布

① 强化厌氧塘

常见藻类为：蓝藻门、裸藻门、硅藻门、绿藻门和隐藻门。研究表明，虽然一般情况下厌氧塘进水的污染物浓度较高，但由于设计时厌氧塘采用污泥发酵坑工艺，而且水力布设采用塘堤进水，因此，厌氧塘表层水面有机物的浓度不是很高，故表层水中四季仍有藻类出现，只不过种类和数量较少而已。蓝藻和硅藻对水环境的要求相对较低，在厌氧环境中大量存在；而绿藻和裸藻在厌氧环境中所占比率较低。在气温低的季节以尾裸藻占优势；在气温高的季节以桑葚藻属占优势；普通塘以蛋白核小球藻占优势。

② 兼性塘

在冬春两季，兼性塘中的藻类种数及数量少，均以尾裸藻占优势，可见尾裸藻是一种较耐污、耐低温的种类。夏季和秋季藻类的数量多，但优势种迥然不同。夏季两塘均为蛋白核小球藻，秋季兼性塘谷生棕鞭藻占绝对优势。

③ 曝气塘

优势菌种亦有所不同，冬季为衣藻属，春季为单鞭金藻，夏季为斜生栅藻，秋季为蛋白小球藻。

④ 好氧塘

好氧塘中藻类种类丰富，数量多于厌氧塘，但低于兼性塘。一些绿藻种类在厌氧和兼性塘中均无发现，如盘星藻属、鼓藻属等较清洁种类。这也反映出了好氧塘水质好于前两级塘。好氧塘中的优势种类的数量虽然不多，但仍可按季节区分开。该塘的优势种属，在冬季为衣藻属，春季为硅藻属，夏季为蛋白核小球藻和铜绿微囊藻，秋季为水华束丝藻。

在藻类生长季节，塘生态系统的优势藻类为：蛋白小球藻、斜生栅藻、水华束丝藻、微囊藻属。在冬季等非生长期则为衣藻属和尾藻属。它们种群的分布差异也反映出了污水逐级净化的趋势，即好氧塘水质较好，兼性塘次之，厌氧塘最差。

(2) 垂直分布

塘系统的藻类垂直分布主要是以填料表面附着生长为主。通过对填料表面不同高度藻类菌种的分离，获得藻类垂直分布规律。

由于不同深度的水体所接受的光照强度不同，以及水体热力学状态的明显差异，导致藻类在水体中垂直分布有分层现象，上层的塘单元水体光照强，温度高，藻类主要分布在上层塘体中，例如山东东营生态塘藻类主要集中在表层0.5～1.5m内，而随水深增加藻类数量迅速降低，在厌氧塘4～9m范围内藻类的数量趋于0。而且种群的垂直分布也很明显，蓝藻、绿藻仅在中上层1m以上水域中数量较为集中，随水体深度的增加，数量减少或者消失；0.5～1m为硅藻，隐藻门次之。而这种分层现象在水深较浅的好氧塘不是很明显，这是由于好氧塘内光照强度变化不大，可见分层现象主要是由于光照强度的差异性决定的。

另外，温度梯度分布也是导致塘单元藻类垂直分层分布的主要因素，除塘单元的进水单元，其余的处理单元都表现为上层水体受大气环境的影响，上层温度高，下层温度低，这也导致藻类会较为集中地分布在上层。但是，在厌氧塘的前端，由于污水浓度较高，而且污水进水口布设在塘的底部，使塘的底部水体温度较高，因此分层的范围有扩大的倾向。而曝气塘特别是安装了潜水曝气机的曝气塘由于水力搅拌作用，水体混合交换强烈，上下水温较为均匀，没有温度梯度，因此，在1.5m以上的范围内藻类的分层显现不是很明显。表3-4列出了东营生态塘八月份的浮游藻类垂直分布值。

表 3-4 东营生态塘藻类垂直分布表（深度单位：cm）

生态塘			厌氧塘						兼性塘						曝气塘					
		深度/m	5	50	100	150	300	380	5	30	50	80	140	250	5	15	40	100	150	250
蓝藻	颤藻 Oscillatora		+	+	+	+				+	++	+	+		++			+	+	
	蓝球藻 chroococcus			+		+			+	+	++	+	+	+	+	+			+	
	微囊藻 Microcystis		+				+		++	++	+	+	+	+						+
	螺旋藻 Spirulina		+						+	++	+	+	+	+					+	
	黏杆藻 Gloeothece													+	+++	+++	+++	+++	+	
	片藻 Merismopedia				+					+	+	+								
	节旋藻 Artrospira			+						+	+	+	+	+		+				+
	鞘丝藻 Lyngbya			+					+++	+++	++	+++	+++	+++		+				
	聚球藻 Synechococcus		+					+	+											
硅藻	斜生栅藻																			
	S. obliquus							+		+	+	+		+			+			
	四尾栅藻 S. quadricauda							+		+	+	+	+	+						+
	羽纹藻 Pinnularia							+							+					
	月形藻 Amphora				+					+	+	+	+	+					+	
	小环藻 Cyclotella					+			+	+	+	+	++	+	++	+			+	
	针杆藻 synedra		+	+					+++	+	+	+++	+	+	+	+				

生态塘		厌氧塘						兼性塘						曝气塘					
深度/m		5	50	100	150	300	380	5	30	50	80	140	250	5	15	40	100	150	250
裸藻	眼虫藻 Euglena	+						++	+	+	+	+	+	++					
	小椿藻 Characium		+	+	+	+	+												
	鳞孔藻 Lepocinclis													+		+			+
	衣藻 Chlamydomonas							+		+	+	+	+	+		+			
	针眼藻 Pseudoquadrigulla												+						
绿藻	栅列藻 Scenedesmus	+			+	+		++						++					
	卵囊藻 Oocystis				+	+	+												
	新月藻 Closterium													+++	+++	+++	+	+	+
	盘星藻 Pediastrum													+++	+++	+++	+	+	+
	转板藻 Mougeotia			+					+										
原生动物	水蚤 Daphnia			+										+					
	变形虫 Amoebae				+														
	肾形虫 Polpoda									+	+	+	+	++				+	+

生态塘		厌氧塘						兼性塘						曝气塘					
深度/m		5	50	100	150	300	380	5	30	50	80	140	250	5	15	40	100	150	250
原生动物	线虫 Nematode	+	+	+					+		+			+			+		
	波豆虫 Bodo				+									+++	+++				
	摇蚊幼虫 C. larvas													+++	+++	+			+
	斜管虫 C. lodomella											+		++	+++	++	+	+	
	长钟虫 V. elongata			+						+			++						
	沟钟虫 Vorticella								+++							+			+
	弯棘尾虫 Stylonychia	+								+					++				
	单桔管叶虫 T. pusillum	+																	+
	闪瞬目虫 G. scintillans	+							+										
	豆形虫 Colpidium	+	+	+		+	+		++			+	+						
	轮虫 Rotifers													+					

3.5.2.2 藻类的季节分布规律

塘生态系统各处理单元浮游藻类的数量季节差异明显。冬季浮游藻类数量增长慢；而夏季浮游藻类数量在曝气塘中迅速升高。这是由于冬季低水温、低光照强度和短日照，浮游藻类活性低，生长速度慢；夏季日照增强，在污染负荷略低的曝气塘内浮游藻类大量增殖。

浮游藻类群落分布也有显著的季节差异。夏季，浮游藻类以蓝藻、硅藻为主。其中从复合兼性塘到好氧塘，藻类逐渐从体积较小的小球藻（*Chlorella vulgaris*）、固氮鱼腥藻（*Anabaena azotica*）为主过渡到体积较大的针杆藻（*Synerdia acus*）和月芽藻（*Selenastrum*）为主；水生植物塘中生长着大量的浮萍（*Duckweed*）和金鱼藻（*Ceratophyllum demersum*）；这就使夏季植物群落呈浮游藻类→沉水植物→浮叶植物→挺水植物的空间分布格局。而冬季，各处理单元中水生植物仅剩少量浮游藻类，并以颤藻（*Oscillatoria*）和隐藻（*Chroomonas acuta*）为主，植物群落空间格局变化不明显。

3.5.2.3 藻类群落的结构特征

(1) 数量特征

兼性塘的藻类数量高峰均出现在六、七月份，这一时期藻类生长最旺盛。而好氧塘则在五、九、十月份出现高峰（图 3-5、图 3-6）。这是由于：

① 冬季储存在好氧塘中的营养盐首先刺激了好氧塘中藻类的生长，而此时，兼性塘中正进行着微生物分解有机物、积累无机营养盐过程；

② 六、七月份以后，随着兼性塘内藻类的死亡，又释放出一部分营养盐并进入好氧塘，刺激了藻类生长，产生了第 2 个高峰；

③ 五月份好氧塘和六、七月份兼性塘中藻类的疯长，

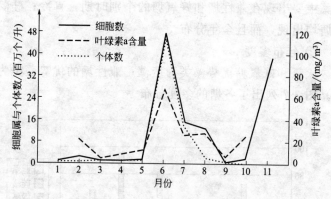

图 3-5　兼性塘 A 藻类生物量的变化

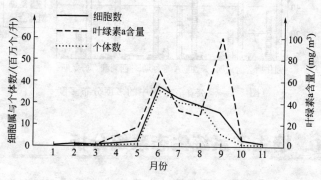

图 3-6　好氧塘藻类生物量的变化

大量消耗两塘中的营养盐，从而限制了藻类的生长，致使好氧塘中六月份藻类生长处于低谷状态。

（2）分布频度和多度

① 分布频度

生活污水处理塘生态系统中裸藻的分布频度为66.7%～100%，说明其分布最广；绿藻则主要分布在兼性塘和好氧塘中，尤其是在好氧塘中，其频度为100%，该藻多出现在温暖的季节；蓝藻在各塘中的分布频度几乎相等，但季节性波动较大，频度为0～100%；隐藻在厌氧塘冬季有时出现；

金藻主要出现在兼性塘和好氧塘的个别时期，喜冷；硅藻在各塘均出现，而且全年分布。

② 分布多度

厌氧和好氧塘优势藻类为蓝藻；兼性塘的优势藻类为绿藻。图 3-7 列出了各塘的多度分布。

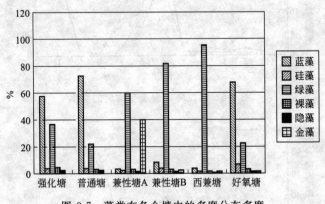

图 3-7　藻类在各个塘中的多度分布多度

3.6 塘生态系统生态系统分析

根据水质分析以及各塘的生物构成情况可知，在生态系统中，多级塘的生态系统的差异很大，各自执行着不同的功能，但又构成了一个完整的生态系统。我们现以食物链（网）的形式加以说明。

(1) 厌氧塘食物链结构

在厌氧塘，污水中的大部分有机物质和部分难降解物质被分解成低分子有机物，并部分被彻底降解。其过程如下：

$$有机物质 \xrightarrow{产酸菌} 有机酸类等 \xrightarrow{产甲烷菌} CH_4、CO_2、NH_3 \ 等$$

因此，厌氧塘主要执行着分解功能，细菌作为分解者构成了厌氧塘生态系统的主体。

(2) 兼性塘食物链结构

兼性塘的生物组成比厌氧塘要复杂得多，以细菌和藻类为主，而原生动物和后生动物也有一定的数量，其食物链构成如图 3-8 所示。

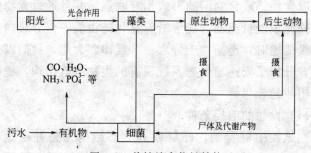

图 3-8 兼性塘食物链结构

从图 3-8 可知，经过厌氧塘处理后，兼性塘进水中的有机物质已较易降解，而未能降解的大分子有机物，可在兼性塘中被细菌进一步分解，其产物可被藻类所利用。所以，兼性塘生态系统是由分解者（细菌）和生产者（藻类）之间的互生作用来体现其整体功能的。

(3) 好氧塘食物网结构

好氧塘是由生产者、消费者和分解者构成的复杂生态系统。

在好氧塘中分解作用已远不如厌氧塘和兼性塘，但其生产和消费作用却相当强，这样才能使原污水中的有机污染物经分解、转化，最终从水中得以去除。

3.7 塘生态系统生物群落合理组成的设想

在试验中我们发现，好氧塘出水中的浮游生物的生物量对塘生态系统的水质净化效率有很大的影响。如果采用一些物理的、化学的方法除去浮游生物，虽能提高出水水质，但却要增加处理费用。能否通过改变塘生态系统现有生物群落的组成，使之趋于合理，并充分发挥其生态系统功能，是值得人们探讨的重要问题。塘生态系统生态系统中，各种生物之间以食物链或食物网的形式相互联系，并且通过食物链或食物网完成能量流动。能量沿着食物链由前一营养级向后一营养级传递时，遵循"十分之一"规律。为此，我们以此为依据，分析了安达塘生态系统现有的生物群落结构，提出了合理组成的设想。

(1) 设想的前提条件

在试验中可看到，好氧塘的生态结构完整并稳定，因此，我们以此塘为对象来进行生态组成探讨，为了便于讨论，现作如下假设。

① 好氧塘生物群落的食物链为

这里假定鱼为完全肉食性的，而不是杂食性的；

② 鱼吞食各类动物的量按照各类动物的相对生产力的大小比例摄取；

③ 除鱼外的各类动物之间的生产力比例，是根据实测结果计算的，因此，在一定的范围内具有它的合理性。其各类动物生产力的比例为：

植食性浮游动物：植食性底栖动物＝0.739：0.261　　(a)

肉食性浮游动物：肉食性底栖动物＝0.610：0.390　　(b)

详细的好氧塘食物网结构如图 3-9 所示。

(2) 生物构成的比例计算

在植物生长期，好氧塘中浮游植物的初级生产产量为 $2200kcal/m^2$，按"十分之一"规律，则有 $220kcal/m^2$ 转化为

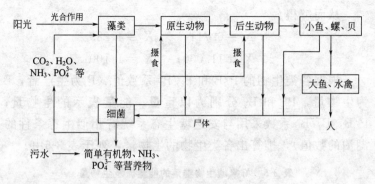

图 3-9 好氧塘食物网结构

植食性动物的产量，根据（a）的比例，应有 $162.58kcal/m^2$ 植食性浮游动物的产量，$57.42kcal/m^2$ 植食性底栖动物的产量，此估算值与实测数值相比较可知，估算值是实测值的 3 倍。因此我们认为好氧塘生态系统中，食物链的第一营养级和第二营养级的生产力是不协调的，表现为第二营养级生产力过小，因此很大程度上影响了出水水质。我们现假设肉食性浮游动物的产量为 X_1，肉食性底栖动物的产量为 X_2，吞食植食性动物而获得的鱼产量为 X_3，吞食肉食性动物（不包括鱼本身）而获得的鱼产量为 X_4，则根据比例（b）有：

$$X_1 : X_2 = 0.610 : 0.390$$

根据十分之一原则和能量守恒定律有：

$$X_1 + X_2 + X_3 = 220 \times 0.1$$

$$0.1X_2 + 0.1X_1 = X_4$$

根据前面所设定的食物链和各营养级分析，可一步假定 $X_4 = 0.1X_3$，从而可有如下方程组：

$$0.390X_1 - 0.610X_2 = 0$$

$$X_1 + X_2 + X_3 = 22$$

$$0.1X_1 + 0.1X_2 = X_4$$

$$X_4 = 0.1X_3$$

从而解得：

$$X_1 = 6.711; \quad X_2 = 4.289$$
$$X_3 = 11.000; \quad X_4 = 1.100$$

根据各类生物的 P/B 和 B_2/B_1 系数值（P 为生产者，B 为生物量，B_1 和 B_2 分别为以重量、能量表示的生物量；P/B，B_2/B_1 系数采用与安达塘生态系统有相似生态条件的湖泊的数值），推算出各类生物的生物量，列于表 3-5 中。

表 3-5　好氧塘生物群落的能量流及生物量

项目	浮游植物	浮游动物	底栖动物	鱼	单位
P	2200	169.21	61.71	12.10	kcal/m² 生长期
P/B	210.0	12.73	4.8	0.8	
B_2	10.48	13.30	12.86	15.13	kcal/m² 生长期
B_2/B_1	0.58	0.55	0.80	1.20	
B_1	18.22	24.16	16.07	12.60	g(湿)/m² 生长期

(3) 生物群落组成分析

我们由鱼产量的估算值可知，每平方米可产鱼 1260g，故每个好氧塘应年产鱼 16.13t，而现在实际年产鱼仅为 8t 左右。

从表中计算结果还可知，除肉食性无脊椎动物外，其他各类动物没有达到按生态系统能量流的十分之一原则所应有的产量。因此，可以认为好氧塘出水水质的提高以及塘生态系统资源的开发和利用都大有潜力可挖。只要我们能够合理地调控塘生态系统生物群落的组成，就能收到良好的净化效果，同时也会产生较大的经济效益。

第 4 章

高效复合塘系统重要污染去除规律

4.1 塘系统污染指标去除规律

污水中污染指标较多，监测主要根据城市生活污水的特点针对 COD_{Cr}、BOD_5、TSS、氮和磷等 5 个特征污染物进行详细考察。本章以山东东营的生态塘系统为例分析了塘系统的污染物去除规律。

山东东营生态塘工艺单元设计如图 4-1 所示。

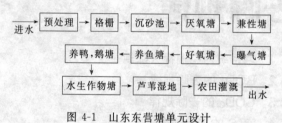

图 4-1　山东东营塘单元设计

4.2 BOD_5 的去除规律

4.2.1 BOD_5 的去除效果

在塘生态处理系统中，BOD_5 的去除通常涉及微生物降解、固体表面吸附及有机颗粒沉降等多种过程的共同作用，因而单元环境和季节变化对各处理单元 BOD_5 去除率影响明显。从图 4-2 各处理单元 BOD_5 的逐月变化曲线显示，尽管进水 BOD_5 在 $40\sim108mg/L$ 之间变化，出水 BOD_5 保持相对稳定：低温期出水 BOD_5 在 $7.3\sim16.9mg/L$ 之间；而 $5\sim8$ 月的温暖季节系统出水 BOD_5 稳定在 $1.5\sim5.9mg/L$，东营生态处理系统全年 BOD_5 去除率高达 $76\%\sim93\%$。此外，塘生态处理系统中 BOD_5 的去除主要集中在复合兼性塘和曝气塘，两个单元 BOD₅ 的去除率分别为 44% 和 31%，曝气塘的出水 BOD₅ 常年保持在 7～18mg/L 之间；而水生植物塘和芦苇湿地等三级生态处理单元对 BOD₅ 的年去除率低于 5%。上述情况是由于在复合兼性塘中，进水 BOD₅ 浓度较高，在厌氧的环境中这部分有机物能通过有机颗粒沉降、微生物降解而有效去除；而曝气塘中长达 15d 的 HRT 保证了该单元较好的 BOD₅ 去除潜力。

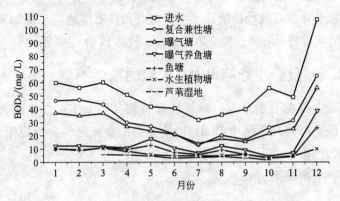

图 4-2　生态处理系统 BOD₅ 逐月变化

对水生植物塘和芦苇湿地 BOD₅ 出水常年稳定在 3～6mg/L，而在 3～4 月以及 8～11 月藻类及浮萍等水生植物大量生长期这两个单元还常出现出水 BOD₅ 增高的现象，这与 Maynard 对三级处理塘中 BOD₅ 研究结果一致。BOD₅ 的这种增长与生态处理系统中有机物的归趋途径有关。在生态处理系统中 BOD₅ 的变化不仅受微生物降解、有机颗粒沉降等去除途径影响，还受底泥及水生植物中有机残渣释放等作用机制影响，最终 BOD₅ 的变化取决于两者之间的平衡。在三级处理塘中，进水 BOD₅ 的含量较低，有机物分解速率慢，然而三级生态处理系统内大量生长的水生植物在生长期、衰老期以及腐败过程中都会释放出大量的有机物，当释放速率大于去除速率时该单元对 BOD_5 的去除贡献为负。8月水生植物塘底泥 BOD_5 的释放规律也显示，在底泥中存在大量的 BOD_5 的释放。因而在 3～4 月以及 8～11 月水生植物死亡速率较高，底泥中有机物大量降解时，这两个单元会出现 BOD_5 增长的现象。

可见高效复合生态处理系统能够有效去除进水 BOD_5，去除的主要单元为复合兼性塘和曝气塘。此外，受底泥及水生生物残骸释放有机物影响，水生植物塘和芦苇湿地的表观 BOD_5 去除贡献较低，但这两个单元也具有较高 BOD_5 去除潜力。

4.2.2 复合生态塘 BOD_5 去除的数学模型

上面的分析显示，兼性塘具有较高的 BOD_5 去除能力，是该生态处理系统中 BOD_5 的主要去除单元之一。为简化计算，模拟中假设复合兼性塘进水与塘内水体为完全混合，由物料平衡关系可知：

$$\frac{S_e}{S_o} = \frac{1}{1+Kt} \tag{4-1}$$

式中 S_o、S_e——分别为进水和出水 BOD_5 浓度，mg/L；

t——水力停留时间，d；

K—— BOD_5 的一级反应动力学常数，d^{-1}。

模拟过程中首先采用 2003 年复合兼性塘 BOD_5 的去除率确定实际 K 值。K 值与水温（T）的关系采用指数形式来表达，并利用最小二乘法进行拟合（图 4-3），拟合结果如式（4-2）所示。

$$K = 0.0668 \times e^{0.1375T} \qquad (r^2 = 0.8946) \tag{4-2}$$

结合公式（4-1）和式（4-2），可得复合兼性塘 BOD_5 出水的数学模型公式为：

$$S_e = S_o/(1+0.0668e^{0.1375T}t) \tag{4-3}$$

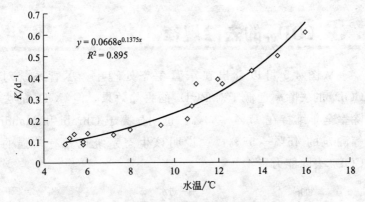

图 4-3　K 值随水温变化曲线

图 4-4 为 2002 年复合兼性塘 BOD_5 的模型预测值与实际检测值比较。通过相关分析可以发现，实际检测值与模型计算值之间的相关系数为 0.76，因此模型能够相当有效地对该单元实际出水 BOD_5 的去除进行模拟。此外，从图 4-4 还可以看出，4～5 月模型的预测值明显低于实际检测值，这可能是由于 4～5 月进水水质的突然降低，底泥有机物释放作用对 BOD_5 的去除影响幅度增大，从而导致实际 BOD_5 的去除率低于模型预测。

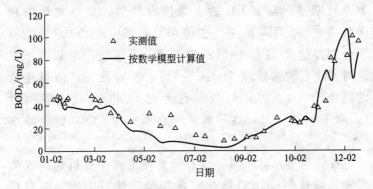

图 4-4　复合兼性塘 BOD_5 预测值与测定值比较

4.3 COD_Cr 的去除规律

从图 4-5 可以看出在东营生态处理中，尽管系统对 COD_{Cr} 的去除率远低于对 BOD_5 的去除效果，但 COD_{Cr} 的去除率全年维持在 47%～80%，也明显高于 Ghrabi 和 Mandi 等测定的 45%～58%，这说明该生态系统也具有较强的 COD_{Cr} 去除能力。

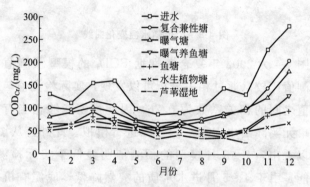

图 4-5　高效复合塘 COD 去除规律

在该生态处理系统内，各处理单元对 COD_{Cr} 的去除率差异明显。与 BOD_5 的去除过程类似，复合兼性塘和曝气塘也是 COD_{Cr} 的主要去除单元，其中对 COD_{Cr} 的去除率分别高达 26% 和 16%；曝气塘、水生植物塘和芦苇湿地对 COD_{Cr} 的去除率为 7%～9%，相对较低；值得注意的是由于 4～9 月，鱼塘表现为对 COD_{Cr} 的负去除贡献（去除率-5.5%），这导致全年该单元对 COD_{Cr} 的去除率小于 5%。

各处理单元对 COD_{Cr} 的去除差异主要受有机物组成类型和去除机制变化的影响。在复合兼性塘中，悬浮有机物的去除量在 6.7mg/L 左右，悬浮有机物的去除对该单

元 COD_{Cr} 的去除贡献率高达 66%，因而在复合兼性塘有机颗粒沉降/降解在 COD_{Cr} 的去除过程中应占主导地位；曝气塘进水 COD_{Cr} 中不仅包含有机物，还包含还原性无机物，在该单元内相对较长的停留时间、相当高的 DO 以及好氧氧化环境应是 COD_{Cr} 去除率较高的主要原因。在对鱼塘中溶解性 COD_{Cr} 检测过程中发现，4～9 月鱼塘中鱼类及浮游动物大量生长，水生生物的代谢产物及生物残渣的大量存在是导致鱼塘中 COD_{Cr} 去除率降低的主要原因。

Kadlec 曾提出在湿地生态处理系统中 BOD_5 存在背景值。他认为当生态处理系统 BOD_5 降低到 0～10mg/L 时，生态单元底泥和水生生物残渣中有机物的释放速率将与 BOD_5 去除速率接近，整个过程表现为 BOD_5 值维持相对稳定。研究中发现 COD_{Cr} 同样存在相应的背景值。东营生态处理系统中 5～9 月系统进水 COD_{Cr} 从 160mg/L 降低到 90mg/L 左右，但水生植物塘和芦苇湿地中 COD_{Cr} 含量始终维持在 34～50mg/L，保持相对稳定。对水生植物塘底泥有机物的释放监测（条件如 BOD_5 释放监测）也显示，底泥将释放出约 20mg/L 左右的 COD_{Cr}，如再考虑到藻类等浮游生物的释放影响，生态处理系统 COD_{Cr} 环境背景值将在 30mg/L 以上。这与在对山东东阿稳定塘进行研究中发现，污水处理厂二级出水（COD_{Cr} ＜30mg/L）在稳定塘中停留时间约 1d 后，COD_{Cr} 会升高到 40mg/L 左右相一致。这说明在东营生态处理系统中，30～40mg/L 的 COD_{Cr} 应是该系统 COD_{Cr} 可能出现的最低背景值。因而可以断定在 4～9 月，尽管东营生态处理系统 COD_{Cr} 去除率较低，但系统应具有进一步去除 COD_{Cr} 的能力。

4.4 TSS 的去除规律

4.4.1 TSS 去除效果

悬浮颗粒物在污水中普遍存在，它除了本身是一种重要的污染源外，还能作为载体与许多痕量有毒微污染物相互作用，并在很大程度上决定着微污染物在环境中的迁移转化和循环归宿。因此如何有效去除水体中的悬浮颗粒物日益成为水处理中关注的问题。

从图 4-6 可以看出，东营复合生态处理系统具有较好的 TSS 去除能力，该生态系统对 TSS 的月均去除率为 72%～88%，系统出水 TSS 基本稳定在 6～27mg/L。尤其当芦苇湿地投入使用后，随芦苇逐渐生长茂密，芦苇茎及根系起到有效的过滤、吸附和截留作用，出水 TSS 迅速从春季的 19mg/L 下降到秋季的 3mg/L 左右。

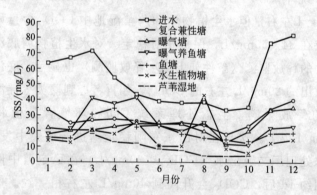

图 4-6 生态处理系统 TSS 逐月变化

生态塘系统对悬浮颗粒物的去除效果受环境因子影响较大，因而各处理单元对 TSS 的去除能力差异较大。从图 4-6 还可以看出，复合兼性塘和芦苇湿地对 TSS 的去除率最大，分别高达 46％和 22％；曝气塘、鱼塘和水生植物塘对 TSS 的去除能力相对较弱，仅为 4％～12％；曝气塘在 3～9 月对 TSS 的去除率平均为－14％，这造成该单元 TSS 去除率年均为－4％。

在复合兼性塘中，TSS 主要由进水所携带的有机及无机颗粒组成，这部分颗粒相对而言沉降性好，因而在水力条件平稳的复合兼性塘中去除率高。在曝气塘，原污水所携带的颗粒在 TSS 中所占比率降低，TSS 主要来源于单元水体内自身生长的藻类、浮游生物、底泥颗粒再悬浮等过程所产生的颗粒物。这部分颗粒含量受环境影响明显，在适宜的条件下（如温度升高）这部分悬浮颗粒含量会迅速增长，这就促进了生态处理系统内 TSS 的相应升高。

在常规的生态处理系统中，通常将稳定塘作为最终的处理单元来进一步处理污水，但近年的研究显示，稳定塘中大量生长的浮游藻类将导致系统出水中 TSS 浓度的迅速增长，进而引起受纳水体的“水华”现象。本监测中也显示在 3～9 月，曝气塘和鱼塘中经常出现 TSS 迅速增长的现象。目前国外普遍采用在生态塘后串联过滤单元（如砂滤系统）的工艺来控制出水 TSS 含量，而在生态塘后串联特定的生态处理单元（如浮萍塘、芦苇湿地），通过生物种群与水环境间的相互影响来控制水体颗粒物也是当前生态处理工艺的研究热点之一。通过对水生植物塘内藻类及 TSS 的变化规律分析发现，尽管浮萍的大量生长抑制了浮游藻类的生长，但浮萍塘内沉水植物表面附着的藻类以及有机颗粒的再悬浮同样会导致短时期内水体中 TSS 的大量增长。例如，8 月份水生植物塘中 TSS 曾高达 44mg/L，镜检发现 TSS 主要来源于沉水植物表面所吸附生长的大型藻类的再悬浮。而芦苇湿地中茂密生长着芦苇和浮萍等水生植物，它们不仅能够进一步抑制藻类的生长，芦苇、浮萍根系及茎叶良好的截滤作用能进一步去除水体中各类悬浮颗粒。此外，在监测中还发现芦苇湿地中超过 80% 的 TSS 在距进水口仅 15m 的范围内去除，并且单元出水与进水 TSS 没有明显相关性，这进一步说明芦苇湿地具有良好的 TSS 去除能力。因而在生态处理系统中采用芦苇湿地能够有效保证系统对 TSS 的去除效果。

总之，水环境、生物及颗粒构成共同决定了生态处理系统中 TSS 的去除机制，进而影响着 TSS 在各生态处理单元内的变化规律。在生态处理系统中仅有较高的 HRT 和良好水力条件不仅不能保证系统对 TSS 的有效去除，还常导致单元出水 TSS 含量的增长。此外，芦苇湿地是一种高效的 TSS 去除工艺，能够保证生态处理系统出水 TSS 的稳定性。

4.4.2 颗粒去除机制

在不同水环境和季节中，有机颗粒的去除差异主要源于颗粒组成及其归趋模式的周期变化，而各处理单元颗粒归趋模式的差异又影响着颗粒的主导去除机制。通过对有机颗粒在 TSS 和 COD 中的比率分析（图 4-7）可以一定程度上确定颗粒物的主导去除机制变化。

从图 4-7 可以看出有机悬浮颗粒在各处理单元悬浮颗粒物及有机物中的比率遵循一定变化规律。在兼性塘和曝气塘，水体悬浮颗粒物主要来源于污水中自身所携带微粒，无机悬浮颗粒沉降是颗粒的主导去除机制，因而随水体流动 SCOD/TSS 逐渐升高，而 SCOD/COD 的逐渐降低进一步说明有机悬浮颗粒减少是有机物去除的主要因素；在曝气塘中 SCOD/TSS 下降而 SCOD/COD 升高，这可能是由于有机悬浮颗粒的组成发生明显变化，藻类有机颗粒所占比率明显增高所致；鱼塘中 SCOD/TSS 和 SCOD/COD 的降低主要由浮

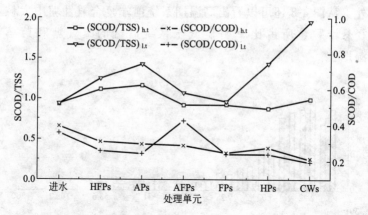

图 4-7　不同单元 SCOD/TSS，SCOD/COD 比较

游动物对藻类的捕食所造成；水生植物塘和芦苇湿地中悬浮
颗粒主要通过浮萍及芦苇的茎、根系截滤去除，浮游生物自
身运动的特点决定这种截滤作用对无机悬浮颗粒去除效果较
好，因而 SCOD/COD 减小而 SCOD/TSS 增高。

　　此外，由图 4-7 还可以看出，高温期和低温期各处理单
元有机悬浮颗粒变化规律接近，但高温期有机悬浮颗粒的变
化幅度明显高于低温期。这说明在不同季节各处理单元悬浮
颗粒的主导去除机制保持稳定，但去除机制的作用效率受温
度影响显著。

4.4.3　颗粒构成对粒径分布影响

　　悬浮颗粒粒径分布不仅反映了水体悬浮颗粒的组成变
化，同时粒径分布对悬浮颗粒去除速率也有显著影响。为了
了解各处理单元颗粒构成差异对粒径分布的影响，对水环境
差异较大的复合兼性塘，曝气塘和芦苇湿地中的悬浮颗粒进
行监测结果见图 4-8。由图可见，复合兼性塘的粒径分布受
温度影响较小；而在曝气塘和芦苇湿地，高温期大粒径悬浮
颗粒（>20μm）所占比率明显高于其在低温期的比率。此

外，从图 4-8 还可以看出高温期系统前端复合兼性塘中大粒径悬浮颗粒所占比率明显低于系统后端的曝气塘和芦苇湿地。

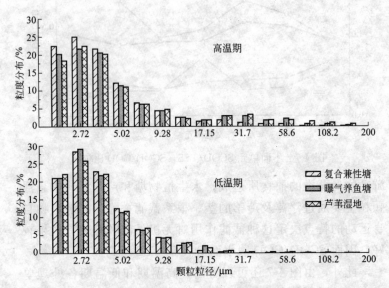

图 4-8　不同季节各处理单元悬浮颗粒物粒径分布比较

以上现象可以解释为季节变化对各处理单元悬浮颗粒构成影响不同。复合兼性塘悬浮颗粒物含藻类少，因而该单元悬浮颗粒粒度分布受季节影响小，出水悬浮颗粒以不易沉降的小颗粒为主。而在曝气塘和芦苇湿地中藻类数量和种类在不同温期差异明显：低温期曝气塘和芦苇湿地中藻类数量少，且以粒径较小的微囊藻（*Microcystis*）和隐杆藻（*Aphanothece*）为优势种群；而高温期这两个单元中藻类种类和数量增长显著，尤其以粒径较大的针杆藻（*Synedra*）、新月藻（*Closterium*）和颤藻（*Oscillatoria*）等藻类增长较快，这就导致曝气塘和芦苇湿地中粒径较大的颗粒所占比率显著增加。因而高温期曝气塘和芦苇湿地中悬浮颗粒的粒径分布接近，且芦苇湿地中大粒径悬浮颗粒所占比率明显高于其在兼性塘中的比率。

4.4.4 浊度的去除规律

图 4-9 为复合生态处理系统中浊度的变化曲线。可以看出，当 1～10 月份进水浊度在 31～70NTU 之间变化时，出水浊度保持在 2～6NTU，出水清澈；而在 11～12 月，受大量工业废水进入影响，进水浊度最高达 360NTU，系统生态环境被破坏，各处理单元出水浊度亦相应增长到 30NTU 左右。因而在系统正常运行时，该生态处理系统能够有效地去除污水中的浊度。

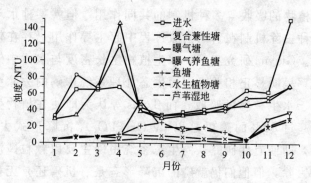

图 4-9　生态处理系统浊度逐月变化

此外，从图 4-9 还可以看出污水中浊度的去除主要集中在曝气塘、水生植物塘和芦苇湿地，去除率分别为 62％、14.3％和 13.7％；而复合兼性塘、曝气塘和鱼塘对浊度的去除率较低，全年去除率仅有 3％～7％。

4.5 磷的去除规律

水体富营养化一直是人们普遍关注的环境问题，它不仅会损害水体的观感性状，水中藻类，尤其蓝藻的大量生长还会导致水体 DO 的昼夜变化幅度增大，藻毒素含量增多，这直接导致水体中鱼类等水生生物的死亡。目前，海洋、湖泊和河流中频繁出现的赤潮和水华现象就是水体富营养化的一种表现形式。由于生产和生活污水中所含的磷是导致水体富营养化的主要因素，因而如何提高处理系统对磷的去除率也是水处理领域的主要研究热点之一。

在稳定塘和湿地生态处理系统中，磷的去除涉及多种过程。前人的研究普遍认同在生态处理系统中，磷的去除主要涉及颗粒吸附、化学沉降、微生物同化吸收、藻类及水生植物的吸收等多种机制的共同作用，但就某种水环境中何种去除机制在磷的去除过程中起主导作用仍存在较多分歧。Gloyna 研究显示，水生植物生长密度与水体中磷的去除率呈明显正相关，因而生态处理系统中磷的去除主要归因于水生植物的吸收；而 Toms 等认为即使在植物生长期，超过 80% 的磷仍是以 $Ca_5OH(PO_4)_3$ 沉降形式去除。此外，即使有些研究认同生态系统中磷主要以颗粒磷沉降形式去除，但他们仍就磷的沉降形态是有机磷还是无机磷存在不同观点。因而研究生态处理系统内溶解性有机磷、溶解性无机磷、有机颗粒磷和无机颗粒磷之间的相互转化关系对确定生态处理系统内磷的主导去除机制具有重要意义。

前已述及，东营生态处理系统由水环境差异较大的 5 个稳定塘和 1 个芦苇湿地构成，受环境差异影响磷在各处理单元的去除机制也存在明显差异。因而考察东营生态处理系统中磷的去除过程和去除规律有助于确定在不同水环境各单元塘中磷的主导去除机制。

4.5.1 各处理单元中磷去除基本规律

常规稳定塘或湿地系统对总磷的去除效果通常随水体中水生生物大量增长而迅速升高，因而稳定塘或湿地中总磷的最高去除率常出现在5～6月的生物高速生长期。而东营生态处理系统中，尽管5～6月份水生生物同样大量生长，出水总磷含量也逐渐降低，但系统对总磷的去除率仅有−37%～−2%，为全年最低；而在8～11月水生植物的大量衰老、死亡期，系统对总磷的去除率反而逐渐从31%增高到全年最高的79%；其余月份系统对总磷的去除率稳定在15%～37%（如图4-10所示）。

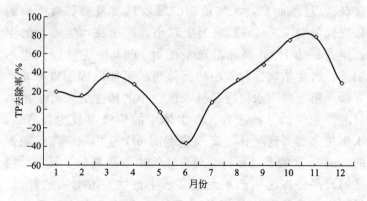

图 4-10 生态处理系统 TP 逐月的平均去除率

生态处理系统中磷含量变化主要取决于 PO_4^{3-} 在底泥基质表面的吸附/释放以及生物体同化吸收/腐败释放等过程的共同作用。通过对生态处理系统底泥（0～3cm）中磷的吸收/释放监测表明：在经过短暂的吸收/释放高峰期后，底泥中 PO_4^{3-} 的含量会与水体中的 PO_4^{3-} 形成初步平衡；当水体中 PO_4^{3-} 的含量较高时，底泥将会吸收 PO_4^{3-}，反之则释放 PO_4^{3-}。底泥这种释放/吸收 PO_4^{3-} 的能力与其自身组成和厚度有关。每年（2001~2003 年）东营市污水都遵循着在干季（1~4 月和 10~12 月）各项指标的进水浓度较高，而在湿季（5~9 月）各项指标进水浓度迅速从 2.5mg/L 以上降低到 0.9mg/L 左右的规律。这就导致在湿季开始的一段时间内，底泥对 PO_4^{3-} 的释放速率远大于对 PO_4^{3-} 的吸收速率，塘与湿地整体表现为处理率降低，甚至为负值的情况。而 9~11 月系统进水 PO_4^{3-} 浓度的升高又导致底泥对 PO_4^{3-} 吸收速率远高于其对 PO_4^{3-} 的释放速率，因而该时期 TP 的去除率迅速升高，系统中 TP 的去除效果可达 80% 左右。

此外，从上面的分析可以看出，相对于底泥磷的释放/吸收过程而言，水生植物的吸收以及藻类等微生物的合成代谢对 PO_4^{3-} 的影响幅度较小。即使在水生植物的生长期（3~6 月），塘和湿地系统对 PO_4^{3-} 的去除效果也不明显。水生植物这种较小的去除贡献可能归因于以下几个方面：第一，沉水植物和挺水植物中的磷主要来自于根系对底泥中磷的直接吸收，对水体中的磷吸收较少；第二，水生植物的高速生长会提高底泥的 pH 值并相应降低底泥的 ORP，这两个过程都会促进底泥中磷的释放；第三，温度的升高将加速生态单元底部水生植物残渣对磷的释放。尽管水生植物的直接吸收对系统内磷的表观去除贡献较低，但从长远来看，吸附在底泥中的磷并未从该生态系统内完全去除，因而仍存在底泥磷大量释放而重新回到水体的可能；而水生植物对磷的吸收及其收获过程能将吸收的磷彻底从生态系统中去除，因而更有利于生态系统对磷的去除。

研究还显示，水环境差异对磷的各种迁移过程影响幅度明显不同，因而在不同季节各处理单元表现出不同的迁移规律。从图 4-11 可以看出，在东营生态处理系统中曝气塘、鱼塘和水生植物塘对磷的年均去除率在 10% 左右，略高于其余单元；而芦苇湿地在 5～9 月对 TP 的去除率较低，仅有 −10% 左右，这导致该芦苇湿地对 TP 的年均去除率仅有 2.4%。

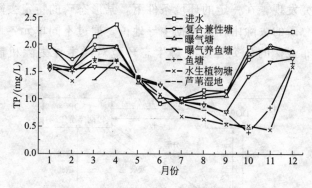

图 4-11　生态处理系统 TP 逐月变化曲线

曝气塘、鱼塘和水生植物塘中较高的 TP 去除率可能与这三个单元 pH 相对较高有关。研究显示 pH 的升高能够加快水体中 PO_4^{3-} 与 Ca^{2+}、Mg^{2+}、Mn^{2+}、Al^{3+} 等金属离子的反应速度，并最终以不溶性磷酸盐沉淀的形式在底泥中沉积而去除。以往对芦苇湿地的研究显示，湿地系统通常具有较高的 TP 去除率，但在东营生态处理系统中湿地对 TP 的去除率低于 5%，远低于一般水平。这种反常现象可能与湿地前面所串联稳定塘内水生生物的大量生长有关。研究显示，在 5～10 月芦苇湿地能够有效截滤稳定塘出水中所携带的大量藻类、浮萍等浮游生物。受水环境差异影响，进水中所含藻类在湿地内会迅速死亡、腐败并释放出大量的磷，这就造成湿地中 TP 较低的表观去除率。

4.5.2　磷的主导去除机制

多级生态处理系统中磷的去除过程复杂。磷的去除表现为总磷的 4 个组成形态：悬浮无机磷（SIP）、溶解无机磷（DIP）、悬浮有机磷（SOP）和溶解有机磷（DOP）之间的相互转化（图 4-12），并涉及物理化学吸附、颗粒沉积、细菌的同化、水生植物的吸收等多个机制的共同作用。但进一步研究发现，在一定的环境条件下，某形态磷的特定去除机制在总磷的去除中往往占据主导地位，通过不同单元各形态磷分布规律的研究可以了解生态环境对磷主导去除机制的影响。

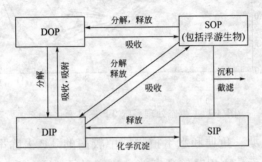

图 4-12　生态处理系统各种形态磷的去除机制

本实验利用多级生态塘/湿地处理系统各处理单元环境及其中磷形态分布的差异，分析随污水在各处理单元间流动，磷主导去除机制的变化，并在此基础上探讨了磷主导去除机制对沉积物磷的分布和水体磷的去除规律的影响。

总磷（TP）、无机磷（IP）、溶解性总磷（DTP）和溶解性无机磷（DIP）的测定采用 APHA（1995）的方法。在数据分析中，总磷另外 3 个组成形态的计算方法为：悬浮无机磷，SIP＝IP－DIP；溶解有机磷，DOP＝DTP－DIP；悬浮有机磷，SOP＝TP－IP－DOP。

表观去除贡献率是指各种形态磷的去除量与总磷去除量的比值，它反映了某种形态磷对总磷的去除贡献，各处理单元不同形态磷的表观贡献率如图 4-13 所示。可以看出，从复合兼性塘到水生植物塘（HFPs 到 HPs），SIP、SOP 和 DOP 对总磷的表观去除贡献率从 56.1%、40.1% 和 35.7% 逐渐降低到 −13.7%、−26.0% 和 1.8%；而 DIP 对总磷的表观去除贡献率从 −31.8% 升高到 137.9%；在芦苇湿地中，各种形态磷的表观去除贡献率明显不同于生态塘的变化趋势。这导致在复合兼性塘 SIP、SOP 和 DOP 对总磷的表观去除贡献率较高；在曝气塘和曝气养鱼塘 DIP 和 DOP 的表观去除贡献率较高；在鱼塘和水生植物塘 DIP 的表观去除贡献率较高；在芦苇湿地 SOP、SIP 和 DIP 的表观去除贡献率较高。

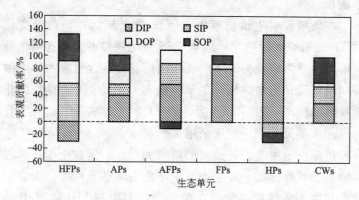

图 4-13　不同形态磷对总磷的表观去除贡献率

利用环境变化对磷迁移方式的影响，通过对水环境和多种形态磷的表观去除贡献率的分析，可以确定各处理单元中不同形态磷的实际去除机制。

在复合兼性塘，悬浮性有机物和无机物的去除比例均较高，并且沉积物厚度及其有机成分（即灼烧减重）也明显高于其他单元，因而悬浮物的沉积作用显著，这可以解释 SIP 和 SOP 对总磷的去除贡献率较大。此外，尽管该单元溶解性有机磷（DOP）的表观贡献率较高，但由于绝大部分溶解性有机磷（DOP）通过分解为溶解性无机磷（DIP）而被去除，这导致了 DIP 的表观负贡献率，因而 DOP 分解对总磷的去除贡献率较小。

在曝气塘和曝气养鱼塘，扣除 DOP 分解对 DIP 去除率产生的负影响，DIP 对总磷的实际去除贡献率最大。生态处理系统中 DIP 的去除主要通过与 Ca^{2+}、Fe^{3+} 等金属离子化学沉降和藻类吸收这两个途径。其中藻类不易沉降，它的大量生长必将导致 SOP 的表观负去除率。而这两个单元中 SOP 的表观负去除率较低，因而可以确定藻类吸收对磷去除贡献率低，DIP 的化学沉降在总磷去除中占主导地位。

在鱼塘和水生植物塘中，DOP 含量较低，其自身变化对 TP 的去除贡献较小；而从 TSS 变化规律可知在这两个处理单元中悬浮颗粒去除率略低，因而悬浮磷含量在水体中维持相对平衡；而水体较高的 pH 值和 ORP 有利于 DIP 的化学吸附和沉降，因而 DIP 沉淀是 TP 的主导去除机制，并且所占比率随流程推进而逐渐增大。

芦苇湿地中生长着茂密的芦苇和浮萍，通过土壤基质层和根系的截滤作用，在生态塘中不能去除的悬浮浮游生物以及小粒度无机颗粒被截留在湿地内，因而对 SIP 和 SOP 的截滤作用对总磷的实际去除的贡献率较大。

综上所述，从复合兼性塘到芦苇湿地，SIP 和 SOP 的沉积、DIP 的化学沉降、SOP 和 SIP 的截滤依次是各处理单元磷的主要去除机制。

4.6 氮的去除规律

近几年，随着城市生活污水以及农业径流中含氮化合物的大量增长，氨氮、亚硝酸盐和硝酸盐在河流、湖泊等自然水体中的含量也与日俱增。据调查，全国 532 条河流中，82%受到不同程度的氮污染，并且大江大河的一级支流污染普遍，支流级别越高则污染越重。这些含氮化合物的涌入不仅造成了巨大的经济损失，而且对环境产生了严重污染，对水体、土壤、大气、生物及人体健康造成严重危害，如何控制和消除"三氮"产生的危害已经成为目前环境领域广泛研究的重点内容之一。稳定塘和湿地生态处理系统作为水体修复和富营养化治理的主要技术也被广泛地用来处理氮磷废水。

与常规污水处理工艺不同，在稳定塘和湿地生态处理系统中氮的去除过程复杂。氮的去除不仅涉及 NH_3-N、NO_3^--N、NO_2^--N 和有机氮在底泥、水生生物和水体间的相互转化，还涉及硝化/反硝化、吸附/扩散、吸收/释放、沉降/降解等多个过程的相互平衡。此外，pH、温度和 DO 等环境因子对变化过程的影响差异使系统内氮的去除过程进一步复杂化。这就导致人们对生态处理系统中氮的主要去除机制和途径存在明显分歧。例如，Pano 和 Middlebrooks 认为在水力混合完全的稳定塘中，即使 pH7~8 的条件下 NH_3-N 挥发仍是水体氮的主要去除途径，这种影响在低温期更加明显。而 Muttamara 等则认为尽管水体中 NO_2^--N 含量通常较低，但硝化/反硝化仍是水体中氮的主要去除途径。

为确定不同水环境下氮的主要变化过程，了解 pH、DO 和水温等环境因子对氮去除产生的影响，以便于进一步对生态处理系统中氮的迁移/转化过程进行模拟，监测中对不同环境条件下各形态氮的变化过程进行了考察。

4.6.1 NH_3-N 去除规律

东营生态处理系统进水中所含氮主要由有机氮

（ON，13%～18%）和氨氮（NH_3-N，76%～86%）两部分组成，而 NO_2^--N 和 NO_3^--N 在进水中的含量极低。因此氨氮和有机氮的变化规律基本上决定了总氮在系统中的变化。

图 4-14 为该生态处理系统中 NH_3-N 的变化曲线。从图可以看出，季节变化对该生态处理系统中 NH_3-N 的去除规律影响明显。在 1～4 月，系统对 NH_3-N 的去除率逐渐从 8.7% 升高到 48%，出水 NH_3-N 也相应从 17mg/L 降低到 10mg/L；5～6 月份，出水 NH_3-N 浓度继续保持下降趋势（最低到 7mg/L），然而由于进水 NH_3-N 浓度的突然降低，系统对 NH_3-N 的去除率亦相应降低；7～10 月份，系统对 NH_3-N 的去除率持续升高，最高可达 72%，出水 NH_3-N 浓度也降低到仅有 4.8mg/L；11～12 月，出水 NH_3-N 升高到 19mg/L，而 NH_3-N 去除率也仅有 10% 左右。在该生态处理系统中，除 5～6 月外，随温度升高各稳定塘 NH_3-N 去除率也相应升高。这是由于在稳定塘系统中，NH_3-N 主要通过挥发、生物硝化/反硝化、生物同化吸收 3 种机制去除，而各去除机制的效率都直接或间接地受温度的影响。随温度升高，浮游藻类活性和数量增长，生物同化吸收 NH_3-N 速率加快；同时藻类的代谢活动吸收 CO_2 并释放 O_2，提高了水体的 DO 和 pH，这又加强了生物硝化/反硝化和氨氮挥发水平，因此随浮游藻类增长系统对 NH_3-N 的去除率迅速升高到 70% 左右。

研究结果表明该生态处理系统内水生植物时空分布差异明显，受水生植物时空分布异质性影响各处理单元环境因子也周期变化。例如从冬季到夏季，复合兼性塘、曝气塘的 pH 和 DO 变化较小；曝气塘、鱼塘和水生植物塘的 pH 明显升高，DO 略升；而芦苇湿地的 pH 和 DO 逐渐降低。受单元环境因子变化差异影响，NH_3-N 在各处理单元中的去

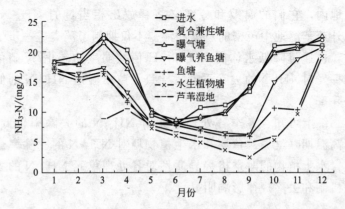

图 4-14　生态处理系统 NH_3-N 逐月变化曲线

除率也明显不同。在该生态处理系统中，曝气塘、鱼塘和水生植物塘对 NH_3-N 的去除率最大，分别为 18%、8% 和 12%，远高于 NH_3-N 在复合兼性塘、曝气塘和芦苇湿地中的 3%、1% 和 -2%。并且高温期曝气塘、鱼塘和水生植物塘中 NH_3-N 去除率升高幅度远高于复合兼性塘和曝气塘。这是由于在复合兼性塘和曝气塘，浮游藻类含量少，对水环境影响小，水体全年呈厌氧和兼性状态，且 pH 较低，因而 NH_3-N 去除率低；而曝气塘、鱼塘和水生植物塘中，水生植物季节演替明显，高温期水生植物对水环境影响大。尤其在水生植物塘中，大量生长的浮萍不仅提高了水体的 pH 值，还为硝化菌的生长提供载体，促进了生物的硝化速率。因而这 3 个单元 NH_3-N 的去除变化幅度远高于复合兼性塘和曝气塘。

值得注意的是芦苇湿地在单独使用时 NH_3-N 的去除率通常较高，但与水生植物塘连用的湿地主要用来降低出水 TSS 和 BOD_5，对 NH_3 的去除能力通常较低，这与 Senzia 和 Kemp 的研究结果一致。这是由于水生植物塘出水中含有大量的浮萍和浮游藻类，这部分水生植物绝大部分被截滤在湿地内，它们的腐败和分解必将释放出相当量的 NH_3-N。此外芦苇湿地中茂密的芦苇和浮萍不仅抑制了藻类进一步生长，也通过降低水体的 DO 和 pH 值减弱生物硝化/反硝化和挥发对NH_3-N的去除贡献，导致了芦苇湿地 NH_3-N 的低去除率。

综上可知，冬季各处理单元对 NH_3-N 的去除率较低，而高温期曝气塘、鱼塘和水生植物塘对 NH_3-N 的去除率最大。水生植物的时空格局异质性对各处理单元 NH_3-N 的去除机制和去除规律影响明显。

4.6.2　NO_x^--N 的变化规律

由于进水中仅含少量的 NO_3^--N，几乎不含 NO_2^--N，因此水体中 NO_2^--N 和 NO_3^--N 的变化主要来源于生态系统内部的生物和化学反应。

从图 4-15 可以看出，各处理单元 NO_x^--N（NO_2^--N＋NO_3^--N）的变化规律明显不同。复合兼性塘和曝气塘，NO_x^--N 全年稳定；而从曝气塘、鱼塘到水生植物塘，低温期 NO_x^--N 增长缓慢，高温期 NO_x^--N 增长迅速，并在鱼塘或水生植物塘达到最大值。

在好氧生态塘中，硝化菌主要分布在好氧底泥表层、塘壁以及水生生物表层，水中硝化菌含量低，又由于硝化菌世代期长，因而硝化过程是生物硝化/反硝化过程的限制因子，所以提供硝化菌生存的有效载体将是促进水体中硝化作用增长的有效方式。在好氧的曝气塘、鱼塘和水生植物塘，水生植物和微生物都可以作为硝化菌的有效载体，并能提供硝化菌生长必需的 DO，因而高温期NO_x^--N含量增加较快。而复合兼性塘和曝气塘（曝气不足）全年呈厌氧和兼性厌氧状态，硝化菌难以大量存活，因而生物的硝化作用弱，NO_x^--N浓度表现为缓降。

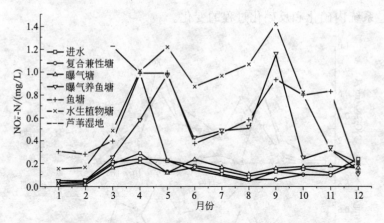

图 4-15　生态处理系统 $NO_x^- -N$ 逐月变化曲线

　　在常规的污水处理系统中，由于出水单元常年为好氧状态，出水中 $NO_x^- -N$ 大量存在。相对于 $NH_3 -N$ 而言，$NO_x^- -N$ 在人体内胃酸的作用下能与蛋白质分解产物二级胺反应生成亚硝胺，而亚硝酸胺是公认的强致癌物质，这就对人类造成更大的危害。对东营生态处理系统的研究显示通过在好氧处理单元后端串联呈缺氧状态的芦苇湿地能够一定程度上解决这个问题。从图 4-15 可以看出，全年芦苇湿地出水 $NO_x^- -N$ 基本上小于 0.4mg/L，其中 4 月份芦苇湿地出水的 $NO_x^- -N$ 较高，但 6～10 月芦苇湿地的 $NO_x^- -N$ 迅速降低，出水 $NO_x^- -N$ 小于 0.2mg/L。这是由于芦苇和浮萍在不同生长阶段对水环境的影响不同。4 月份芦苇和浮萍生物量低，对水环境影响小；而随温度升高，整个湿地逐渐被芦苇和浮萍覆盖，水体处于缺氧状态，反硝化速率加强，硝化作用进一步受到抑制，因而 6～8 月出水 $NO_x^- -N$ 的含量低。

　　图 4-16 为该生态处理系统中 $NO_2^- -N$ 和 $NO_3^- -N$ 在不同季节的变化曲线，通过对两者的变化进行分析，可以了解该

系统内硝化和反硝化过程的变化。

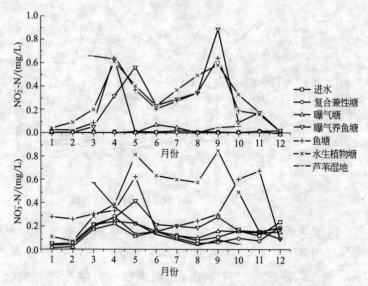

图 4-16　生态处理系统 $NO_2^- \text{-N}$，$NO_3^- \text{-N}$ 逐月变化曲线

　　监测显示不同温度条件下 $NO_2^- \text{-N}$ 和 $NO_3^- \text{-N}$ 含量存在明显差异，低温期（1～2 月和 12 月）$NO_2^- \text{-N}$ 和 $NO_3^- \text{-N}$ 的最大浓度分别为 0.2mg/L 和 0.3mg/L，$NO_3^- \text{-N}$ 的浓度略高于 $NO_2^- \text{-N}$；而在高温期（3～11 月），$NO_2^- \text{-N}$ 和 $NO_3^- \text{-N}$ 的含量迅速升高，两者的最高含量分别出现在曝气塘（0.9mg/L）和水生植物塘（0.8mg/L）。此外，从图 4-16 可以看出，高温期各处理单元中 $NO_2^- \text{-N}$ 和 $NO_3^- \text{-N}$ 增长速率明显不同。在 $NO_2^- \text{-N}$ 和 $NO_3^- \text{-N}$ 浓度较高的曝气塘、鱼塘和水生植物塘，$NO_2^- \text{-N}$ 浓度的增长主要集中在曝气塘，在鱼塘和水生植物塘保持含量相对稳定；而 $NO_3^- \text{-N}$ 在曝气塘和鱼塘增长缓慢，但在水生植物塘中含量迅速升高。

　　高温期 $NO_2^- \text{-N}$ 和 $NO_3^- \text{-N}$ 浓度的增长差异主要来源于亚硝化菌、硝化菌以及反硝化菌生长习性不同。在低温情况下，水体中微生物活性低，由于亚硝化菌世代期长，亚硝化反应是整个硝化过程的限制因子，因而在生态单元中NO_2^--N无法大量积累，这就造成在鱼塘和水生植物塘中NO_3^--N浓度明显高于NO_2^--N。而高温期，曝气塘、鱼塘和水生植物塘中藻类大量生长，藻类的光合作用促进了水体中pH值的升高。Fenchel和Blackburn的研究显示随pH升高，硝化菌的生长速率逐渐减缓，当在pH>8.5时，硝化菌的生长速率小于亚硝化菌的生长速率，并成为硝化过程的限制因子，如图4-17所示。因而在pH较高，微生物吸附基质较少的曝气塘中NO_2^--N大量积累；而由曝气塘到水生植物塘，水体维持在好氧条件下，硝化菌生物量逐渐增长，尤其在水生植物塘中，表面好氧的底泥以及塘内大量生长的沉水植物和浮水植物都为硝化菌的大量生长提供了有效载体，因而塘内硝化菌含量较高且硝化速率逐渐加快，水体中NO_3^--N浓度明显升高。

此外，由图4-17可见6～8月曝气塘、鱼塘和水生植物塘中都出现NO_2^--N和NO_3^--N含量降低的现象。这种NO_2^--N和NO_3^--N浓度的降低可能归因于以下原因：4～5月进水水力负荷的迅速增长对处理系统内生态环境产生较大冲击，这导致硝化菌等微生物含量迅速降低。

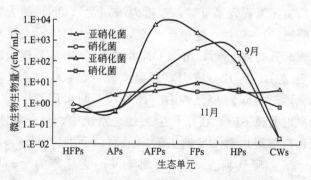

图4-17　亚硝化菌和硝化菌变化曲线

4.6.3 硝化菌对硝化过程影响

塘和湿地系统中，NH_3-N 硝化的限制因子通常为亚硝化过程。由于底泥及塘壁亚硝化菌数量与水体中亚硝化菌数量呈正相关关系，监测以水体中亚硝化菌作为代表了解系统硝化速率变化，检测日期分别为 2002 年 9 月、11 月和 2003 年 1 月、8 月。从图 4-17 可以看出亚硝化菌的生长受温度影响明显。在 2002 年 11 月水温降低到 10℃左右时，亚硝化菌的含量迅速从 9 月的＞103cfu/mL 降低到仅有 0.4～9.5cfu/mL；1 月份随水温的继续降低，亚硝化菌的含量保持相对稳定；而到 2003 年 8 月随温度升高到 26℃左右，亚硝化菌的含量也迅速升高到约 105cfu/mL。此外，各处理单元亚硝化菌的季节差异也明显不同。复合兼性塘、曝气塘和芦苇湿地DO＜0.5mg/L，全年出水亚硝化菌也相应低于 25cfu/mL，因而这三个单元通过硝化作用去除 NH_3-N 的能力较低；而曝气塘、鱼塘和水生植物塘高温期亚硝化菌密度为低温期的 104～105 倍，这就导致随季节变化，这三个单元对 NH_3-N 的去除能力差异明显。

4.6.4 ON 的去除机制

从实际工程效果可知，温度对有机氮（ON）的去除率影响明显。1～9 月，随温度升高，系统对 ON 的去除率从 51％逐渐升高到 83％，出水 ON 相应从 2.5mg/L 逐渐降低到 0.5mg/L；而 10～12 月，随温度降低，系统对 ON 的去除率又逐渐降低到 65％左右。此外，不同水环境中 ON 的去除率也明显不同。在东营生态处理系统中，复合兼性塘、鱼塘和芦苇湿地对 ON 的去除率最高，分别为 21％、26％和 36％；而曝气塘在 3～8 月对 ON 的去除率为 -54％～ -3％，这就导致该单元对 ON 的全年去除率仅有 -5％。

在生态处理系统中，随水温逐渐升高，微生物的数量和活性也相应增长，它们对水体中有机物的降解能力增强，因而随温度升高系统对 ON 的去除通常明显升高。但受 ON 组成变化影响各处理单元对 ON 的去除规律也明显不同。研究显示，生态处理系统中 ON 的变化途径主要有有机颗粒沉降、沉降生物细胞的自我分解、底泥有机物水解/释放等过程。在复合兼性塘中，ON 主要通过有机颗粒沉降和氨化去除；而在曝气塘中，3～8 月水体中藻类含量相对较高，死亡藻类的水解释放应是导致单元内 ON 升高的主要原因；相对于水生植物塘而言，鱼塘内水生植物含量较低，因而生物细胞水解释放过程对水体中 ON 浓度影响小，鱼塘中 ON 去除率相对较高；而芦苇湿地中，芦苇根系中大量吸附的兼性和厌氧微生物保证了该单元具有较高的 ON 去除能力。

4.7 重金属的迁移转化规律

生态塘处理工艺已成功地应用于处理城市污水和工业废水中的有机污染物，但重金属污染物不能被微生物所降解，只有形态、价态的变化，并且有食物链的富集作用。因而，研究重金属在生态塘中的分布以及迁移、转化规律，对防止有害物质的扩散、减轻环境污染以及利用水生生物净化环境等均可提供重要的科学依据。

研究生态塘中重金属的迁移、转化规律应考虑塘系统中水、底泥和水生生物这三个要素。因而，我们研究了安达生态塘重金属在水中的含量分布；重金属在底泥及食物链中的迁移、转化规律，并且探讨了安达生态塘中水与底泥、水与藻类、底泥与底栖动物中重金属含量的相互关系。

4.7.1 生态塘水中重金属含量的分布

安达生态塘中的重金属分别由东、西塘进水口入塘，最终进入好氧塘。

表 4-1 列出了各塘三个季节重金属含量的测定结果。从该表中可以看出,五种重金属在生态塘内的分布存在相似的规律,即塘水中五种重金属含量由春季、夏季至秋季逐渐下降。其原因主要有以下几方面。

表 4-1 安达生态塘水中重金属含量范围及平均值　单位:$\mu g/L$

	水中含量		铜	铅	镉	铬	汞
春季	厌氧塘和兼性塘	范围	123.0~189.0	340~480	18.90~27.0	26.5~208.0	8.75~12.00
		平均值	153.2	432.6	22.98	72.7	10.38
	好氧塘	范围	135.0~207.0	248~720	12.30~26.00	44.5~280.0	4.50~8.75
		平均值	171.1	494.0	18.16	101.6	6.60
夏季	厌氧塘和兼性塘	范围	70.0~110.0	218~845.0	12.00~16.00	16.5~204.0	27.00~39.00
		平均值	95.0	405.0	14.52	61.1	33.20
	好氧塘	范围	23.5~120.0	92.5~420.0	6.91~22.50	15.0~64.0	9.00~44.00
		平均值	67.9	211	14.38	29.2	32.87
秋季	厌氧塘和兼性塘	范围	0~8.1	5.7~15.7	60~4.30	0~59.5	5.72~7.88
		平均值	3.2	9.2	3.25	10.1	6.84
	好氧塘	范围	0~17.1	5.7~41.2	33~4.30	0~59.5	5.07~9.18
		平均值	5.8	16.9	2.33	16.3	7.79

(1) 冬季期间,塘中微生物活性很低,厌氧菌和好氧菌的代谢产物 S^{2-}、CO_3^{2-}、PO_4^{3-} 等较少,且 pH 值相对较低,因而所形成的重金属难溶盐含量很少,重金属大多以可溶性盐类的形式存在于水中。

另外,由于底泥处于还原和酸性状态,沉积于底泥中的重金属逐渐转化为低价可溶性的金属离子，当温度升高，随着底泥的上翻，从而将可溶性重金属释放于塘水中。风波对水中重金属含量的影响也是很显著的，由表4-1可见，春、秋两季好氧塘水中的重金质含量普遍高于厌氧塘和兼性塘，这是由于好氧塘的表面积很大，风浪作用很强，而厌氧塘和兼性塘的单塘面积较小，塘坝体上又生长着人工栽种和自然生长的柳枝、小树，从而减弱了风力的影响。

(2) 夏季时，各种水生生物很活跃，藻类、浮游动物、底栖动物、鱼类大量繁殖，各种水生生物通过吸附、吸收等富集作用使水中重金属离子不断减少。同时，一些难溶盐类（如硫化物、碳酸盐、磷酸盐、氢氧化物等）沉入底泥中，也导致水中的重金属含量的降低。

(3) 通过食物链，在各种水生生物体内富集的重金属不断转移到塘内最高营养级——鱼类等，待鱼类收获季节，在鱼体内富集的一部分重金属便脱离了此生态环境。此外，生态塘附近的一些居民到塘里收集鸭草、甲壳动物等作为鸡、鸭的饲料，或放养鸭、鹅，也使一部分重金属脱离此生境。

(4) 从实验结果看，塘水中只有汞在夏季高于春季，这主要是由于夏季微生物大量繁殖，在微生物的作用下，沉积于底泥中的重金属汞转化为可溶性的甲基汞和二甲基汞进入水中，而使塘水中汞含量升高。

总之，重金属在水相、底泥沉积物以及生物系统三相中处于动态平衡，水中的重金属究竟以何种形式存在，存在量多少，则受水体的物理、化学和生物条件及沉积物的特征所控制，如水温、水流状态、混合效应、pH值、氧化还原电位、盐效应及离子浓度，有机配体种类和浓度，生物吸附、吸收和扰动能力等影响。

4.7.2　重金属在生态塘底泥中的迁移转化规律

底泥是指水体沉淀物，主要由黏土矿等无机物和腐殖质所组成，它对重金属的各个形态（如离子、分子、络合物等）均具有吸附和螯合作用。

重金属由水向沉淀物的转移和由沉淀物向水中释放是可逆过程的两个方面，其主要方面是由水中向沉淀物中转移，因而底泥成为重金属进入水体后的主要归宿之一。一般认为，沉积物中金属的释放主要由四类化学变化所引起。

(1) 在盐度大的水体中碱金属与碱土金属可把被沉积物吸附的重金属离子置换出来。

(2) 在强还原性沉积物中，金属氧化物可被还原为可溶性的还原态物质而释放。

(3) pH 值降低可使碳酸盐和氢氧化物溶解，增加重金属离子的解吸量。

(4) 某些生化过程，如汞、铅等的生物甲基化作用也能引起重金属离子的释放。

根据溶度积原理，五种金属离子（铜、镉、铬、铅、汞）主要形成硫化物、氢氧化物和碳酸盐等难溶盐沉积于底泥中。此外，阴离子效应也不容忽视，由于安达城市污水中含多种阴离子，在它们的作用下，可促进重金属离子的沉积。

4.7.2.1　重金属在底泥中的变化规律

不同季节，安达生态塘底泥中的重金属含量如表 4-2 所示。每种重金属由于其难溶盐和可溶性物质形成的原因不同，所以其转化和迁移规律也不同。

表 4-2　安达生态塘底泥中重金属含量范围及平均值

单位：mg/kg

底泥含量			铜	铅	镉	铬	汞
春季	厌氧塘和兼性塘	范围	7.4～ 40.0	12.6～ 26.1	0.48～ 0.95	0.7～ 3.7	0.60～ 1.31
		平均值	19.0	19.0	0.70	2.7	1.00
	好氧塘	范围	8.7～ 20.4	7.5～ 14.6	0.13～ 0.46	3.0～ 9.9	0.20～ 1.00
		平均值	14.9	11.9	0.31	6.6	0.50
夏季	厌氧塘和兼性塘	范围	13.8～ 30.4	23.5～ 38	0.78～ 7.11	2.8～ 25.8	0.15～ 0.32
		平均值	19.2	28.7	2.65	11.9	0.21
	好氧塘	范围	4.0～ 19.1	18.7～ 26.2	0～ 1.99	2.2～ 3.7	0.12～ 0.19
		平均值	11.7	21.8	0.81	3.0	0.16
秋季	厌氧塘和兼性塘	范围	7.30～ 38.4	12.9～ 29.3	0.12～ 1.12	32.7～ 72.6	0.15～ 0.43
		平均值	22.9	20.2	0.68	46.6	0.23
	好氧塘	范围	10.1～ 37.0	18.2～ 31.9	0.12～ 0.93	10.7～ 83.4	0～ 0.34
		平均值	16.3	20.6	0.61	42.3	0.15

(1) 汞

汞在底泥中主要以单质汞（Hg）和硫化汞（HgS）的形态存在。此外，铁和锰的水合氧化物对 Hg 的吸附作用，黏土如蒙脱土、伊利土等对阴离子的吸附作用以及有机配位体（如腐殖质中的羧基）对汞的螯合作用将对汞在底泥中的沉积起作用。

底泥中的汞主要是通过转化为甲基汞向水体中迁移。许多细菌（如产甲烷细菌、荧光假单胞细菌、巨大芽孢杆菌、大肠杆菌等）均具有合成甲基汞的能力；在存在甲基钴铵素的条件下，使 Hg^{2+} 形成 CH_3Hg。汞在生态塘系统中循环如图 4-18 所示。

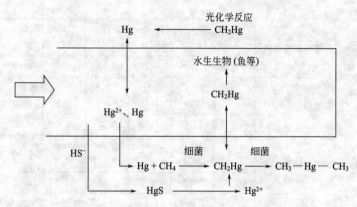

图 4-18　汞在生态塘系统中的循环途径

由表 4-1 和表 4-2 可见，底泥中的汞向水中的迁移过程与微生物的生化作用有直接关系。在夏季，由于微生物的大量繁殖，微生物非常活跃，在微生物的作用下，底泥中的汞经过甲基化而转化为可溶性的甲基汞，从而底泥中的汞含量由春季的 0.75mg/kg 降低为 0.19mg/kg，而塘水中的汞含量则由春季的 8.49μg/L 增至 32.99μg/L。此后，经食物链在水生生物（鱼类等）体内大量富集，使各种鱼、虾体内汞含量高达 2.00～5.43mg/kg 干重，最终脱离生态塘的生态环境，所以，秋季水相及沉积物中汞含量均很少。无机汞化合物的生物甲基化作用虽在有氧和无氧条件下均能进行，但在厌氧和兼性塘中，甲基化作用的同时，还有部分汞离子因形成稳定的硫化汞络合物而沉积于底泥中。由图 4-19 可见厌氧塘和兼性塘中底泥含汞量始终高于好氧塘，这一方面是由于城市污水首先流经厌氧塘和兼性塘，另一方面还由于底泥中厌氧细菌所产生的大量硫化氢不断释放，当遇到汞离子即形成极难溶的硫化汞物质而沉至底泥中。

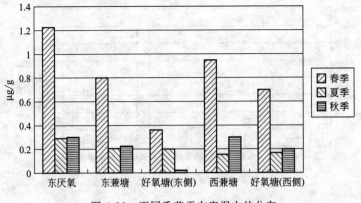

图 4-19　不同季节汞在底泥中的分布

（2）铅和镉

铅和汞在某些方面比较相似。在底泥中的铅能够通过甲基化作用而转化为易溶性的烷基铅，但铅的甲基化作用远没有汞显著。由图 4-20～图 4-22 可见。底泥中铅和镉含量随季节的变化规律很相似，在夏季均达到最高含量，这是由以下几个方面原因造成的。

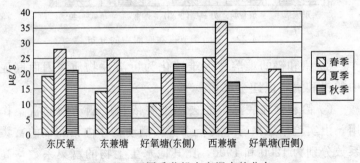

图 4-20　不同季节铅在底泥中的分布

① 铅离子和镉离子均能生成稳定的磷酸盐和硫化物沉淀，在夏季，由于厌氧细菌和好氧细菌分别产生大量的 H_2S 和 PO_3；从而使铅离子和镉离子大量生成难溶盐而沉积于底泥中。

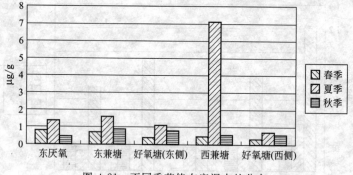

图 4-21　不同季节铬在底泥中的分布

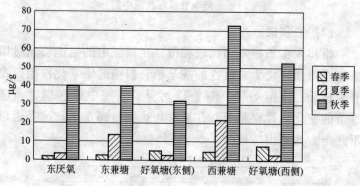

图 4-22　不同季节镉在底泥中的分布

② 铅和镉的难溶盐很难转化为可溶性物质，因而底泥中的铅和铜难以迁至水相。

③ 铅和镉在底泥中的去除主要依赖底栖动物的富集作用，由实验结果来看，在秋季，底栖动物体内铅和镉的富集系数分别为 1200 和 1900，比其他水生生物的富集系数均高出一个数量级。因而，在秋季底泥中铅和镉含量显著降低。

(3) 铬

三价铬离子在弱碱性溶液中很容易生成氢氧化铬沉淀，而不易生成硫化物沉淀，从 pH 的测定结果来看，春、夏季各塘内平均 pH 值均为 7.5 左右，而秋季 pH 可高达 8.1，因而秋季大量氢氧化铬沉积于底泥（图 4-21），而水生生物中底栖动物对铬的富集能力有限，所以底泥中铬大量积累。

（4）铜

二价铜离子很容易生成氢氧化铜和硫化铜沉淀，但从连续的测定中可发现，底泥中铜含量的变化很小（图4-23），铜在底泥中的含量比较恒定。这主要是由于大多数水生生物（浮游生物和底栖动物）对铜的富集能力很强，使得沉积于底泥中的铜量和由底泥中进入水生生物体内的铜量，在一定程度上达到了动态平衡所致。从生物体内的富集系数与底泥中的富集系数可看出，有显著的相关关系，一般均为同一数量级，因而，铜在底泥中的含量相对稳定。

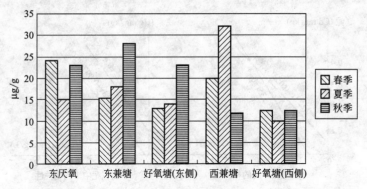

图 4-23　不同季节铜在底泥中的分布

4.7.2.2　水相与沉积物中重金属含量的相关性

对安达生态塘沉积物中重金属富集系数的计算结果表明，重金属在沉积物中显著累积，见表4-3。

我们选择 20 个样点（东边 11 个点，西边 9 个点），进行了水与底泥中重金属之间相关性计算，结果如图 4-24 所示。由结果可见，安达生态塘水和底泥的重金属含量之间呈现显著的线性相关性。

表 4-3　安达生态塘底泥对重金属的富集系数

项目		铜	铅	镉	铬	汞
春	范围	$3.3 \times 10^1 \sim$ 5.7×10^2	$2.6 \times 10^1 \sim$ 2.2×10^2	$2.4 \times 10^1 \sim$ 4.4×10^2	$5.8 \times 10^1 \sim$ 7.7×10^2	$3.5 \sim$ 3.0×10^1
	平均值	2.1×10^2	9.4×10^1	1.2×10^1	1.6×10^2	8.1
夏	范围	$5.5 \times 10^1 \sim$ 2.1×10^2	$1.8 \times 10^1 \sim$ 5.7×10^1	$1.1 \times 10^1 \sim$ 4.1×10^2	$1.8 \times 10^1 \sim$ 2.2×10^2	$3.3 \times 10^1 \sim$ 1.1×10^2
	平均值	1.1×10^2	3.6×10^1	2.2×10^1	7.8×10^1	8.3×10^1
秋	范围	$1.5 \times 10^3 \sim$ $>3.1 \times 10^5$	$4.5 \times 10^2 \sim$ 4.0×10^3	$7.5 \times 10^1 \sim$ 5.6×10^2	$1.4 \times 10^3 \sim$ $>4.7 \times 10^5$	$4.6 \sim$ 5.5×10^1
	平均值	$>6.9 \times 10^4$	1.9×10^3	2.8×10^2	$>1.3 \times 10^5$	3.0×10^1

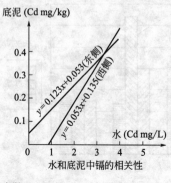

水和底泥中镉的相关性

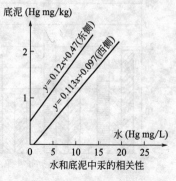

水和底泥中汞的相关性

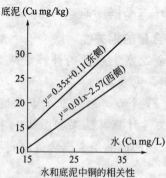

水和底泥中铜的相关性

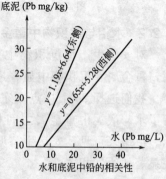

水和底泥中铅的相关性

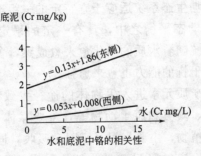

图 4-24 水中重金属与底泥中的重金属的相关性

4.7.3 重金属在食物链中的迁移转化规律

生态塘生态系统各生态因子之间的关系可用图 4-25 表示。从图 4-25 可见，水中的无机营养物质被植物吸收并转变成有机体，有机体沿食物网逐步转移，再由分解者（细菌等）分解成简单的无机营养物质，于是，水生态系统中的各种营养物质处于循环往复之中。

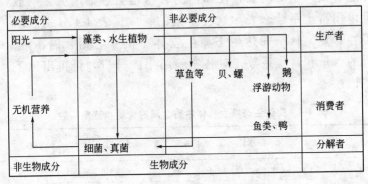

图 4-25 生态塘生态系统图

在安达生态塘水生生态系统中，各塘生物群落的组成是不同的。并且随着季节变化，生物群落中的生物种类也随之变化。生态塘各生物群落的组成不同，是由于各塘生态系统中的环境因素存在差异所致。

安达生态塘生态系统适应于它特定的一组理化和生物条件，处于一种动态平衡之中，具有一定的稳定性和调节能力。该生态系统随着水质的净化愈来愈成熟，食物链愈来愈复杂，系统抗干扰的能力也愈来愈强。

环境中的矿质元素进入生物体的途径大致有以下几种：一是各种菌类、藻类和原生动物等，主要靠体表直接吸收；二是高等水生植物，主要靠根系吸附和吸收，同时，叶表面和茎表面也有一定的吸附和吸收能力；三是大多数水生动物，主要靠吞食，对于鱼类，呼吸也是一种主要途径。前两种途径是直接从环境中摄取，后一种途径必须通过食物链（网）完成。各种矿质元素进入生物体内便参与生物的代谢过程。其中生命必需的元素，部分参与了生物体的构成，多余的和非生命所需的元素，易分解的种类，经代谢作用很快排出体外；不易分解，脂溶性较强或与蛋白质（或酶）有较强亲和力的种类，就会长期残留，在生物体中大量富集，并随着摄入量的增加，在体内的含量也会逐渐增大。一般可以用富集系数来表示这种富集的程度。表 4-4 分别表示了春、夏、秋季安达生态塘生物体中的铜、铅、镉、铬、汞的含量和富集系数。对各实验结果的分析，可得出以下结论。

表 4-4　安达生态塘生物体中重金属的含量和富集系数

项目			水体	底泥	鲫鱼	藻类	水草	底栖动物	浮游动物	虾
1999 年	春	Cu/(μg/g)	0.171	14.90	12.87	15.55	14.96	15.85	16.02	
		富集系数		87	79	91	92	98	99	
	夏	Cu/(μg/g)	0.063	11.70	12.00	1.14	2.68	10.48	12.00	10.60
		富集系数		170	180	32	39	150	220	160
	秋	Cu/(μg/g)	0.0045	16.30	15.24	1.55	6.73	11.79	16.11	
		富集系数		3600	2600	270	1200	2208	2800	

项　　目		水体	底泥	鲫鱼	藻类	水草	底栖动物	浮游动物	虾
2000 年	春 Cu/(μg/g)	0.50	11.90	1.64	2.70	2.90	4.36	2.87	
	富集系数		2.3	3.9	6.4	7.0	10.0	6.8	
	夏 Cu/(μg/g)	0.21	21.80	1.11	4.93	5.12	20.89	14.70	25.20
	富集系数		100	2.3	23	24	99	700	120
	秋 Cu/(μg/g)	0.017	20.60	2.14	1.14	5.82	20.40	4.68	
	富集系数		1200	130	67	340	1200	280	
2001 年	春 Cu/(μg/g)	0.018	0.31	0.089	0.153	0.152	0.164	0.105	
	富集系数		17	5	8	8	9	9	
	夏 Cu/(μg/g)	0.014	0.81	0.070	0.031	0.042	0.480	0.050	0.090
	富集系数		58	4.9	2.2	2.9	33	3.5	6.3
	秋 Cu/(μg/g)	0.0023	0.61	0.052	0.035	0.060	0.450	0.068	
	富集系数		265	22	15	26	190	25	
2002 年	春 Cu/(μg/g)	0.173	6.6	7.9	2.9	3.2	3.6	3.1	
	富集系数		64	78	29	31	35	31	
	夏 Cu/(μg/g)	0.03	3.0	8.11	11.09	12.24	13.60	22.20	12.7
	富集系数		100	280	380	420	470	760	430
	秋 Cu/(μg/g)	0.016	42.3	6.90	6.35	6.28	0.53	7.22	
	富集系数		2600	420	390	390	33	440	
2003 年	春 Cu/(μg/g)	0.0066	0.5	0.72	0.86	0.68	0.92	0.98	
	富集系数		760	110	130	100	140	150	
	夏 Cu/(μg/g)	0.033	0.16	2.09	2.24	2.88	0.11	0.77	2.25
	富集系数		8.3	60.4	64	88	3.3	23	68
	秋 Cu/(μg/g)	0.0078	0.15	2.01	1.75	0.98	0.12	2.55	
	富集系数		19	260	220	740	15	330	

（1）春季期间，各种水生生物对重金属的富集作用相差无几，一般均为同一数量级。

（2）不同的水生生物对重金属的富集能力是不同的。如芦苇特别是芦苇对铜和铬的富集能力很强，而底栖动物对铅和镉的富集能力很强（图 4-26、图 4-27）。从实验结果来看，当底泥中重金属含量较高时，底栖动物的富集系数普遍较高（均可达到与泥同一数量级）。但由表 4-3 可见，尽管秋季铬在底泥中的累积系数高达 2.6×10^3，而底栖动物以及泥鳅鱼的富集系数仅分别为 3.3×10^1 和 6.8×10^1，比底泥中的累积系数低两个数量级，这说明底栖动物等对底泥中的铬［即 $Cr(OH)_3$］难以吸附和吸收。

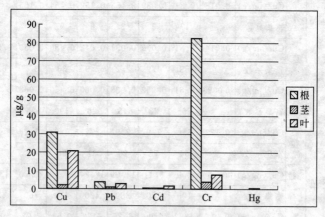

图 4-26　芦苇体内重金属的富集系数

根据秋季的实验结果，以藻类、芦苇和鲫鱼通过不同摄取途径富集重金属为例，五种重金属在每种生物体内的富集系数顺序分别为：藻类 $Cr > Cu > Hg > Pb > Cd$，芦苇 $Cu > Cr > Pb > Cd > Hg$，鲫鱼 $Cu > Cr > Hg > Pb > Cd$。可见生物对铜和铅富集能力最强，而对镉的富集能力最差。

（3）大量的实验结果表明，重金属在不同栖息场所的水生生物体内的富集系数，与重金属的存在形态有关。

以 2007 年秋季重金属在鱼类体内的富集为例，铜、铅和镉在鱼体内的富集顺序为泥鳅 > 鲫鱼 > 胖头鱼，即底层

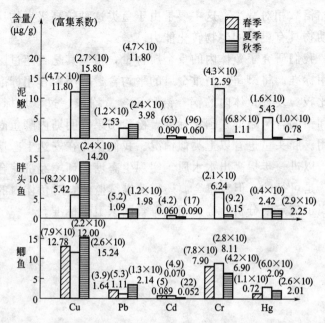

图 4-27　不同季节内生物体内重金属的平均含量（括号中为富集系数）

鱼＞中、下层鱼＞上层鱼，这是因为铜、铅和镉自 1987 年夏季开始，底泥中的这三种金属含量均较高，因而底层鱼富集的重金属含量较高。铬在鱼体内的富集顺序为鲫鱼＞泥鳅＞胖头鱼，即中、下层鱼＞下层鱼＞上层鱼，这是因为铬在夏季大多以溶解状态存在于水相，而在秋季由于 pH 增高，大量 $Cr(OH)_3$ 沉至沉积物中，因而中、下层鱼在夏秋两季均可富集大量铬；而汞在鱼体内的富集顺序为胖头鱼＞鲫鱼＞泥鳅，即上层鱼＞中、下层鱼＞底层鱼，这是因为汞在夏季大量转化为甲基汞并迁移至水中，到了秋季，通过食物链，使上层鱼中富集了大量的汞。

（4）重金属沿食物链向更高营养级转移时，浓缩倍数有逐渐减少的趋势。如在秋季，鲫鱼体内各种重金属含量均比更低营养级的浮游动物低，这就使得重金属毒物在鱼肉中的浓缩倍数相对减少,这主要是由于鱼类这种较高级生物比浮游动物具有更强的生物转化能力。

我们研究了鱼体内的重金属含量,检验其是否超过国家食用标准。将鲫鱼体内重金属的平均含量与国家食用标准进行比较。发现鱼体内的铜、铅和镉含量均未超过食用标准,汞和铅的含量略低于国家标准。检验结果说明塘内鲫鱼尚可食用。胖头鱼也有以上类似情况。我们认为在安达生态塘养鱼,以进一步提高出水水质。实现生态塘的环境经济综合效益,是可行的。但对重金属还需要继续监测,对鱼体内的重金属也应定期分析,确保塘鱼符合国家卫生标准。

第5章

高效复合塘湿地工程案例

5.1 鹰潭市城市污水处理工程

5.1.1 工程背景

鹰潭市位于江西省的东北部,信江中下游,地处东经116°41′至117°30′,北纬27°35′至28°40′之间。东部、北部分别与上饶市的弋阳、铅山、万年、余干接壤,南面、西面分别与抚州市的金溪、资溪和东乡毗邻,东南一隅与福建省光泽县相连,史称"东连江浙,南控瓯闽,扼鄱水之咽喉,阻信州之门户"。

鹰潭市现常住人口20万。排水体系为雨污分流,污水通过城市管网收集进入污水处理厂。雨水收集排入地表水体。

5.1.2 水质水量

(1) 进厂水质确定

该工程处理的污水全部是鹰潭市的生活污水,不含工业废水。处理规模5万吨,目前处理负荷100%。进厂水质见表5-1。

表 5-1 进厂水质表

水 量	pH	COD_{Cr} /(mg/L)	BOD_5 /(mg/L)	氨氮 /(mg/L)	SS /(mg/L)	P /(mg/L)
$5×10^4 m^3/d$	6~8	150~200	80~100	10	100~350	4

(2) 出厂水质

处理后的生活污水全部达标排放,根据当地政府有关规定,执行 GB 18918—2002,1B标准,排入白露河,经白露河进入信江。

5.1.3　污水处理厂位置

污水处理工程位于白露河北，紧邻浙赣铁路。占地面积70亩。

5.1.4　污水处理工艺

本污水处理工艺采用的是高效复合塘污水处理工艺，使处理系统得到了优化和强化，显著提高其处理效率，确保处理系统能够最大限度地削减污染物负荷，使其最后出水全年达到排放标准。具体污水处理工艺流程如图5-1所示。

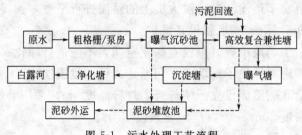

图 5-1　污水处理工艺流程

尤其考虑脱氮除磷的需要，而且氮磷的排放指标较高，而西外湖目前可以利用的面积较小，为了有效地脱氮除磷，在单元功能上进行了更为细致的划分，并且增加了沉淀塘，沉淀的污泥进行部分回流到厌氧段，有效除磷。厌氧段增加排泵，定期派泥，污泥外运填埋。

5.1.5　塘生态处理厂总图设计

鹰潭市污水处理一期总平面设计包括办公楼（已有建筑）、新建泵房、排涝站（已有泵房）、电器控制室、泥砂池、曝气沉沙池、污水处理塘系统的总体布置，在总图上标明了各构筑物的位置、面积、高程。

(1)　总平面布置

污水处理厂位于鹰潭市区白露河防洪大堤以北，浙赣铁路以南，紧邻龙虎山大道。厂区占地 70 亩。

根据工艺要求厂区内设置办公楼（已有建筑）、新建泵房、排涝站（已有泵房）、电器控制室、泥砂池、曝气沉沙池、污水处理塘系统。在办公楼内设置值班室，办公楼是已有建筑；在泵房的隔壁设计了配电电器控制间；这些建筑物自西向东依次布置。

厂区有两个出入口，一个主入口在厂区以北紧邻浙赣铁路，经龙虎山大道进入。厂区路面利用现有路面，并对路面进行维护，将北面的泥土路修建为沙石路，路面全长 630m，用于机动车运输。对防洪大堤上的路面进行平整，大堤路面长 570m，用于巡视和设备维护。

由于场地位置有限没有绿化空间，不能进行绿化；为了便于管理，加设了围墙，采用通透式铁栅栏围墙。

沿北侧路面设立照明灯杆，灯杆高度 4m，采用节能灯，布设密度 50m 一个，厂区内布设照明灯。

(2) 竖向设计

鹰潭污水处理厂现有高程为 32.56～30m，最高为防洪大堤 32.56m，浙赣铁路高程 35.50m。根据防洪规划白露河平常多年水位为 24.20m，20 年一遇洪水位为 25.90m，均低于污水排放口 28.5m，不会发生洪水倒灌问题，重力流可以实现自排。只有当出现百年一遇洪水时，才可能发生倒灌，这时可以关闭闸门，采用排涝站强排泄洪。

5.1.6 单元设计

5.1.6.1 预处理

(1) 手动拦污粗格栅

单元功能：去除污水中的较大漂浮杂物以保证污水提升泵的正常运行。

设计流量：$5 \times 10^4 \mathrm{m}^3/\mathrm{d}$，采用手动格栅；

单元参数：渠道 1 条；

过栅水位差：$\Delta H = 120\mathrm{mm}$；

格栅宽度：$B = 2400\mathrm{mm}$，$b = 80$；

配套设备：螺旋压榨输送机 1 台。

（2）细格栅

单元功能：去除污水中较为细小的漂浮杂物以保证后续处理流程的正常运行。

采用机械格栅，正常情况下三条渠道运行，栅渣由格栅后面的皮带输送机运至栅渣小车，再由运输小车运至设在厂区的栅渣和沉砂堆场，定期外运。

单元参数：设备类型为回转式机械粗格栅，3 台

设备参数：设计流量 $Q_{\max} = 2100\mathrm{m}^3/\mathrm{h}$

　　　　　过栅水位差 $\Delta H = 200\mathrm{mm}$

　　　　　格栅宽度 $B = 1200\mathrm{mm}$

　　　　　栅条间隙 $b = 3\mathrm{mm}$

　　　　　格栅倾角 $\alpha = 75°$

配套设备：螺旋压榨输送机 1 台

格栅功率：$2.0\mathrm{kW}$。

（3）污水提升泵房

单元功能：提升污水以满足后续污水处理流程竖向衔接的要求，实现重力流动顺序处理污水。

单元参数：可提升式无堵塞潜水污水泵，数量 4 台（3 用 1 备）；

提升泵性能参数：$Q_{\max} = 290\mathrm{L/s}$；$H = 15\mathrm{m}$，单台功率 $N = 75\mathrm{kW}$，合计 $150\mathrm{kW}$；

控制方式：集水池液位由 PLC 自动控制，水泵运行按顺序转换启动运行，同时设定软启动和现场手动控制。

（4）曝气沉砂池

单元功能：为了高效地去除污水中砂粒和其他无机杂粒，采用沉砂池中最高效的平流式曝气沉砂池，而且采用较长的水力停留时间；在德国，一些平流曝气沉砂池取水力停留时间 5～10min，去除大颗粒粒径大于 0.2mm 的无机沙粒，使无机沙粒与有机物分离，以保证后续处理流程正常运行，减少对设备的损耗，以及无机物在后续构筑物中堆积。

构筑类型：平流式曝气沉砂池，钢筋混凝土池体。

最大水量：$Q=5\times10^4\,m^3/d=2100\,m^3/h$，为设计水量。

设计参数：曝气量按气/水比$=0.2:1$ 为 $420\,m^3/h$

污水水平流速：$0.05\,m/s$；

水力停留时间：$t=6min$

曝气沉砂池体积：$4.1m$（有效水深 $3.5m$）$\times17.3m\times2.4m\times2$（个）；地上 $2.95m$，

砂斗尺寸：砂斗为沿池长方向的梯形断面渠道。

运行方式：每天排沙一次，排除的沙水混合物经沙水分离器处理，脱水后的沉渣运至垃圾填埋场，分离后的污水返回污水处理系统。

设备类型：

砂水分离器 1 台，HXS 双槽桥式吸砂机（含轨道），$0.74kW$；

SF260 型砂水分离器，功率 $0.37kW$；蝶阀 DN100，$0.37kW$；

TL02B-3 环流曝气机 6 台，功率 $2.2kW$，合计 $6.6kW$；

无机泥砂产量估算：根据进水 SS 浓度最大值为 $350mg/L$，进行测算，曝气沉砂池 SS 的去除率为 80%，则泥砂产量为 $14t/d$，所以设计泥沙池的容积为 $200\,m^3$，一方面存储污泥沙，另一方面存储污泥池回流后剩余的污泥。这样可以每周转运一次。

5.1.6.2 高效复合兼性塘

功能：降解污水中的有机污染物，主要去除 COD 和

BOD_5，以及部分去除氮、磷。为了确保塘的生物量、营养物含量，该塘在设计过程中采用全塘布设填料、曝气机设备。

兼性塘在结构上由两段构成，前端长 140m 的厌氧段，后段长 100m 的兼性区。

设计参数：HRT＝17h；

设计水量：50000m³/d，

总有效容积：$50000×17/24＝3.54×10^4m^3$

单元塘有效尺寸：总面积 4600m²，有效水深 7.5m，超高 0.5m。

进水设置：配水渠 1 条长 28m，宽 1m，高 1.5m，钢混；

池体数量：2 个；

构筑类型：钢筋混凝土结构。

配水渠尺寸：

$28×1.5×1m$ （$L×H×B$），钢筋混凝土结构。

搅拌设备：

为了在狭长区域内有效实现对污泥的搅拌作用，对原设计的 4 台污泥搅拌设备进行调整，增加 2 台，在厌氧坑内布设 6 台污泥搅拌设备，防止污泥沉淀，设备类型：TLJ 型立式环流搅拌机。

5.1.6.3 复合曝气塘

为生物处理单元，在该塘体中布设合成纤维织物型填料 HIT-BL2000。由于填料的介入，在填料表面形成大量的生物膜，提高了生物量和生物多样性，如含有厌氧、兼性和好氧细菌，尤其是硝化菌、反硝化菌和聚磷菌，以及能够有效降解那些难生物降解的真菌，这对污水的处理十分有效，既增加了反应池的抗冲击负荷及处理难降解有机物的能力，也提高了去除氮、磷等营养物的能力。在适宜曝气的条件下，附着生长在填料表面的生物膜，从外表至内层中形成好氧、缺氧和厌氧的微环境，有助于污水在其中进行硝化、反硝化和生物除磷等反应，由此能使总氮和总磷有较高的去除率；同时由于污水回流，使脱氮除磷的效率进一步加强。为了获得良好的出水水质，此外，由于生物膜的生态系由较长的食物链组成，即细菌→藻类→原生动物→后生动物等组成的食物链（网），通过高营养级生物的捕食作用，使剩余污泥量大为减少，大约仅为活性污泥法的 1/10～1/5，而不必再进行污泥厌氧或好氧消化，故取消了污泥消化池，这样使污水和污泥处理流程和工艺大为简化，既节省了基建费，也节省了运行和维护费。而且污泥的沉淀性能和脱水效果也得到改善。

好氧曝气区用潜水曝气机进行强化曝气，水体 DO 大于 3mg/L，因而使其处于兼性/好氧状态。通过曝气机的人工强化供氧，供细菌降解有机物所需。

曝气塘出水含有较多的悬浮物，出水进入沉淀塘，降低浊度，进一步净化，降解，水质进一步优化后进入下一级处理单元。

(1) 曝气塘总体布置设计

设计参数：HRT=47h；

设计水量：50000m³/d，

总有效容积：50000×47/24=9.7×10⁴m³

塘有效尺寸：有效水深 6.5m，超高 0.5m，面积 13852m²。

(2) 曝气塘填料和设备设计

填料设计：

曝气塘内设置填料和曝气设备，分为填料区和曝气区，填料区两端（进水段 22m，出水段 22.5m），其余部分填料区宽度为 18m，长度（沿池宽方向与池体宽度一致），高度

5.7m，水面下 0.3m，距离塘底 0.5m。密度 10%。

设备设计：

设备区宽度 4m，设备间距 18m，共布设 TLO2B 环流式高效曝气机 31 台。

5.1.6.4 沉淀塘

泥水分离，进一步净化水质。相当于污水处理厂的二沉池，沉淀方式平流沉淀，水力负荷 $0.81m^3/(m^2 \cdot h)$。

单元尺寸：

$(62m+58m) \times 41m \times 7.5m$（$B \times L \times H$）；超高 1.5m；

有效水深：7.5m。面积 $2542.25m^2$。

有效容积：$19006m^3$；

水力停留时间：$HRT=9.15h$；

沉淀塘的入水即为曝气塘的出水，在此不另加叙述。

沉淀塘出水设计：

沉淀塘出水坝（沉淀塘进水坝）为钢筋混凝土的立坝（挡土墙），坝宽 0.5m，坝高 7.5m，坝长 58m；坝面上设计人行布道，设计安全护栏。

沉淀塘出水方式采用穿墙管网设计，DN300 的进水管，共分为上、中、下三层，每一层间距管间间距为 2m，层间间距为 1.2m，两层之间的水管错开 1m 布置。三层共计 84 根。

5.1.6.5 净化塘、荷花塘

进一步净化水质，净化塘一般为好氧塘，塘内有大量的好氧菌、藻类、浮游生物，有利于水质的进一步净化，在塘的后段设计荷花塘既能净化水质又能美化环境。

单元尺寸：

设计参数：净化塘 $HRT=15h$；

设计水量：$50000m^3/d$，

总有效容积：$3.2 \times 10^4 m^3$

塘有效尺寸：有效水深 7m。

设备：净化曝气设备 8 台；并布设填料，填料的布设方式同曝气塘。

净化塘靠近露江小区的部分分割出来种植挺水植物荷花，既能够进一步净化水质，又能够美化环境。荷花塘面积 390m²。

净化塘最后的出水在露江小区废弃的防洪大堤一侧，采用穿越混凝土涵管，DN1000。

5.1.6.6 泥沙存放池

在沉砂池附近设置 5m×4m×20m（$L×H×B$）的沉砂堆放池，分成两等份的格间。两者同时工作。

5.1.7 工程总投资运行成本

工程总投资 4500 万元，吨水运行成本低于 0.1 元/吨。

5.1.8 运行效能

见表 5-2。

表 5-2 鹰潭市污水处理工程运行效能表

水量 10 万吨/天		COD /(mg/L)	BOD /(mg/L)	SS /(mg/L)	NH₃-N /(mg/L)	TP /(mg/L)	TN /(mg/L)
进水	最高值	200	100	350	14	1.6	18
	最低值	100	80	100	8	1.0	8
	平均值	150	90	225	11	1.3	13
沉淀塘出水	最高值	40	20	18	10	0.8	10.8
	最低值	36	6	6	8	0.4	8.7
	平均值	38	14	12	9	0.6	9.75
净化塘出水	最高值	10	6	8	6	0.4	8.0
	最低值	6	4	6	4	0.3	6.3
	平均值	8	5	7	5	0.35	7.15
去除率/%	平均值	94.6	94.4	96.6	54.5	73	45

5.2 福建中村生活污水塘-湿地生态处理工程

5.2.1 工程背景

中村乡地处三明市区东南部，东与大田县的广平镇、沙县的大洛乡和湖源乡毗邻；西与本区的城东乡、莘口镇接壤；南与永安市的槐南乡交界；北至莲花山麓。

中村乡是一个典型的高山乡，位于三明市重要饮用水源——东牙溪水库下游。没有建设污水处理厂前，中村乡的生活污水直接排入东牙溪，严重影响了三明市的饮用水安全。为了保护饮用水水源地，三明市政府要求中村必须对现有的生活污水进行深度处理达到 1A 后全部回用农田灌溉，实现污水资源化利用，确保东牙溪水库的水源地水质安全。

5.2.2 工程规模

(1) 设计进水水质水量

根据中村给排水和人口增加规划（2006～2010 年），2010 年人均综合生活用水水量指标近期采用 300L/(人·天)，中村乡截至 2007 年 12 月份常住人口 1000 人，规划至 2010 年三中村常住人口为 3000 人（包括学生流动人口）。污水排放系数 0.7，截至 2010 年污水排放总量为 900t/d。

根据三明市环保局于 2007 年 1～12 月例行监测结果，本次监测的 1 个排污口，污水排放总量为 800 吨/天。进厂水质见表 5-3。

表 5-3　进厂水质　　　　　　单位：mg/L

水量	pH	COD_{Cr}	BOD_5	氨氮	TP	SS
1000m³/d	6～8	100～150	80～100	18	2	100～200

（2）出厂水质

人工湿地处理后的水全部达标排放，根据当地政府有关规定，执行污水处理厂排水一级排放标准。城生污水二级处理后的出水水质应满足城生污 GB 18918—2002，1A 标准，回用作为景观用水和农业灌溉用水，不再排入东牙溪水库。处理后水质标准见表 5-4。

表 5-4　污水处理后水质标准　　　　单位：mg/L

水量	pH	COD_{Cr}	BOD_5	氨氮	SS
1000m³/d	6～9	≤50	≤10	≤8（以 N 计）	≤10

5.2.3　污水处理厂厂址选择

中村乡东牙溪一侧，紧邻门球厂。距离最近的居民住宅 1000m。

5.2.4　塘-人工湿地生态处理工艺

由于中村乡的污水进水的污染物浓度比较低，水质相对较好，所以在处理工艺上省略掉了厌氧塘、兼性塘设计，仅仅保留了塘工艺中的曝气塘设计。同时为了降低运行成本在曝气塘之后建设两级湿地：径流湿地，潜流湿地。确保出水达到回用标准。工艺流程如图 5-2 所示。

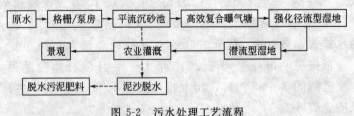

图 5-2　污水处理工艺流程

5.2.5　单元设计

（1）粗格栅

去除污水中的较大漂浮杂物以保证污水提升泵的正常运行。

设计流量：平均水量 1000m³/d；

采用栅网设备类型：

过栅水位差：$\Delta H = 200mm$

格栅宽度：$B = 300mm$

栅条间隙：$b = 15mm$

格栅倾角：$\alpha = 70°$

（2）细格栅

去除污水中较为细小的漂浮杂物以保证后续处理流程的正常运行。

采用机械格栅，正常情况下一条渠道运行，事故检修时另外一条投入运行。栅渣由格栅后面的皮带输送机运至栅渣小车，再由运输小车运至设在厂区的栅渣和沉砂堆场，定期外运。

设备参数：

设计流量：$Q = 32.5m³/h$

过栅水位差：$\Delta H = 200mm$

格栅宽度：$B = 300mm$

栅条间隙：$b = 2mm$

格栅倾角：$\alpha = 70°$

（3）泵房

污水提升泵 2 台，一用一备，设计流量 $Q = 32.5m³/h$。

（4）平流沉砂池

为了高效地去除污水中砂粒和其他无机颗粒，采用平流沉砂池，取水力停留时间 13min。使无机沙粒跟有机物分离，以保证后续处理流程正常运行，减少对设备的损耗，以及无机物在后续构筑物中堆积。

水力停留时间 HRT＝13min，

长度：$L=2m$，$B=1m$，$H=3m$，两个单元轮流运行。

运行方式：每天排沙一次，人工清沙。

（5）高效复合曝气塘

降解污水中的有机污染物，主要去除 COD 和 BOD_5，以及部分去除氮、磷。

单元尺寸：$L=20m$，$B=14m$，$H=4.5m$，占地面积 $280m^2$；

主要设备：潜水搅拌机 0.5kW，2 台，潜水曝气机 0.5kW，4 台。

在强化复合兼性塘中设置合成纤维织物软性填料。由此形成较多的生物量，增强厌氧、兼性和好氧的生物反应过程。

（6）地表径流型湿地

强化净化出水水质，使出水达到 1A。

设计参数：$HRT=0.5d$；

设计水深：$h=1m$；

设计成 2 个平行的单元人工湿地，每个湿地有效面积：$L×B=20×14×1.5$（m）×2（个），超高 0.5m。

各个单元湿地间的堤坝顶上路面宽度 $b=3$. 堤坝内壁用素混凝土砌块砌筑护坡，坡度为 1∶1；外壁为土坡，坡度为 1∶3，用草皮护坡。

进水和出水均采用宽 103m 的溢流布水槽或（进水）或溢流出水槽。为了保证均匀进水和出水，溢流进、出水槽均采用锯齿形溢流堰。

（7）地表潜流型人工湿地

为了更有效地处理污水且不易发生滤层堵塞，本处理系统采用垂直潜流人工湿地，采用良好的补水和人工通风供氧措施。

垂直潜流人工湿地，作为三级处理设施，水力停留时间 0.5d。

湿地划分为 2 个平行（并列）垂直潜流湿地单元，单元尺寸设计：$L×B=20×14×1.5$（m）$×2$（个）；

单元湿地间堤坝为土堤，两面壁均用素混凝土砌块砌筑护坡，坡度为 1：2。垂直潜流湿地滤层设计，从上往下滤料见表 5-5。

表 5-5　湿地填料结构表

层次	高度/cm	滤料	粒径/mm
上层	25	沙粒土	1～3
中层	40	碎石或卵石	3～20
下层	35	大卵石	20～50
渗排水管	$d=100\mathrm{mm}$,间距 10m,$i=0.01$		

湿地植物常见以下几种。

① 芦苇（*Ph. australis Trin*）

禾本科芦苇属，多年生草本。具粗壮的根状茎，秆高 1～3m，径 2～10mm。节下通常具白粉。叶鞘圆形；叶舌有毛；叶片扁平，长 15～45cm，宽 1～3.5cm。圆锥花序长 10～40cm，微垂头，分枝斜上或微伸展；小穗长 12～16mm，通常含 4～7 小花。花果期 7～11 月（江苏）。分布几遍全国。全球温带其他地区也有。生于池沼、河旁、湖边。常以大片形成所谓芦苇荡，干旱沙丘也能生长。为重要饲料，各种家畜都喜食，含大量蛋白质和糖分。秆粗且韧，可供建茅屋、代替软木作绝缘材料和供各种细工之用。秆质纤细而有光泽，其外层纤维可织帘、织席，也是重要的造纸原料。花序可作扫帚。根含有天门冬酰胺，入药可作健胃剂及镇呕、利尿和清凉剂。为优良的固堤及使沼泽变干的植物。

② 水葱（*Scirpus validus*）

莎草科水葱属，多年生草本。匍匐根状茎粗壮，多须根；秆高大，圆柱状。长侧枝聚伞花序简单或复出，假侧生，具 4～13 辐射枝或更多，花果期 5～9 月分株繁殖，需充足的阳光，在微碱性土壤环境中生长良好。世界各地均有分布。

③ 荻 (*M. sacchariflorus*)

禾本科芒属，多年生草本。秆直立，高 110～160cm，无毛，节具须毛。叶鞘无毛或有毛，叶舌长 0.5～1mm，先端圆钝，具小纤毛；叶片线形，长 8～60cm，宽 4～13mm。圆锥花序扇形，长 15～30cm，分枝较弱，每穗轴节具一短柄和一长柄小穗；小稻草黄色披针形，长 5～6mm，基盘具白色丝状柔毛，长约为小穗的 2 倍；花果期 8～10 月（江苏）。分布西北、华北、华东及东北。日本、朝鲜也有。多生于河边湿地和山坡草地。为重要的野牛牧草，马、牛、羊、猪、狍子及鹿等都喜食；可编帘、席及作造纸原料等，也可作为防沙、护堤植物。本湿地引种的为花叶荻。

④ 再力花 (*Thalia dealbata*)

茗叶科再力花属，多年生常绿水生植物。叶片卵状披针形，叶鞘大部分闭合；花无柄成对排成松散的圆锥花序，花瓣紫色。株高约 1.8m，以种子或分株繁殖；花期一般为每年的夏季，在微碱性土壤中生长良好。原产地南美洲。

⑤ 纸莎草 (*Cyperus papyrus*)

莎草科莎草属，多年生草本植物。具有匍匐根状茎，茎秆呈三棱，叶根生；花序顶生，由 1 个至多个头状花序排列成简单或复生的伞形花序，分枝上小穗簇生，呈叶状。以根茎繁殖，在微碱性且含有机质的土壤中生长良好，多生于平原开阔地带。原产地乌干达。

⑥ 富贵竹 (*Dracaena sanderiana*)

百合科龙血树属，常绿小乔木，又名仙达龙血树。富贵竹叶子翠绿而细长，其茎节表现出貌似竹节的特征，但不是真正的竹。富贵竹易于管理，病虫害少，易于栽植，适于盆栽，并有很好的观赏性。富贵竹原产于加纳群岛及非洲和亚

洲的热带地区，于 20 世纪 80 年代初引进我国。该植物分枝
能力较差，茎秆可塑性很强，一般采用扦插繁殖，1～2 周
即可生根发芽。

(8)沉砂堆放场

在沉砂池附近设置 $10m \times 10m \times 1.5m$（$B \times L \times H$）的
沉砂堆放场，分成两等份的间隔，两者轮换工作，每天的沉
砂量 2～3m^3。

(9)中水回用

中水回用作为景观用水，其中最大的部分全部实现农田
灌溉，实现污水零排放。

5.2.6 工程总投资运行成本

工程总投资 75 万元，吨水运行成本低于 0.5 元/吨。

5.2.7 运行效能

见表 5-6。

表 5-6 中村乡污水处理工程运行效能表

水量 10 万吨/天		COD /(mg/L)	BOD /(mg/L)	SS /(mg/L)	NH₃-N /(mg/L)	TP /(mg/L)	TN /(mg/L)
进水	最高值	180	100	200	10	1.5	11.9
	最低值	100	69	100	8	1.0	6.2
	平均值	140	84.5	150	9	1.25	9.05
曝气塘出水	最高值	45	10	8	10	0.6	7.8
	最低值	16	8	6	4	0.5	4.7
	平均值	15.5	9	7	7	0.55	6.25
湿地出水	最高值	20	6	8	6	0.4	6.2
	最低值	15	3	2.5	4	0.2	3.3
	平均值	17.5	4.5	5.25	5	0.3	4.75
去除率/%	平均值	87.5	94.6	96.5	50	76	47.5

5.3 山东东营城市污水处理厂

5.3.1 工程背景

山东省东营市位于山东省北部黄河三角洲地区。东营市成立于 1983 年 10 月，其所辖区主要为原惠民地区的广饶、利津、垦利三县。1996 年，东营市下辖东营、河口 2 个区，垦利、利津、广饶 3 个县，共计 38 个乡，21 个镇，4 个街道办事处，1784 个行政村，还辖广北、黄河、渤海、青坨、南郊等 5 个国有农牧场。

城市性质：中心城为综合性的石油、石油化工和盐化工城市，是东营市的政治、经济、文化中心，为政府所在地，黄河三角洲北部油田开发的重要后方基地。

城市规模：1995 年中心城城市人口实际为 27.2 万人，其中东城 7.2 万人，西城 20 万人，规划 2010 年中心城市人口规模为 48 万人，其中东城 18 万人，西城 30 万人。规划期末总用地规模 61.8km²，其中东城 22.6km²，西城 39.2km²。

5.3.2 设计水质水量

根据 2000 年的预测排水总量 8.71 万吨/天，和 1997 年西城实测的污水总量约为 8 万吨/天。取污水处理设计流量为 10 万吨/天。

(1) 设计水质

东营市污水来源主要为城市生活污水合并 30％的石油炼化废水。可生化性较好，污染物浓度较高。进厂水质见表 5-7。

表 5-7　进厂水质表　　　单位：mg/L

水量	pH	COD$_{Cr}$	BOD$_5$	氨氮	TP	SS
10×10^4 m^3/d	6~8	250~350	180~200	10~25	1~1.5	200~400

(2) 出厂水质

人工湿地处理后的水全部达标排放，根据当地政府有关规定，执行污水处理厂排水一级排放标准 1B（表 5-8）。

表 5-8　污水处理后水质标准　　　单位：mg/L

水量	pH	COD$_{Cr}$	BOD$_5$	氨氮	TP	SS
10×10^4 m^3/d	6~9	≤60	≤20	≤8(以 N 计)	1	≤20

5.3.3　污水处理厂位置

东营市污水处理厂位于青州路以西、广利河以北、府前街以南，利六沟以东、广州路东西两侧。工程机械总厂农牧公司农场所在地，其总面积约 110 公顷。

5.3.4　工艺流程

如图 5-3 所示。

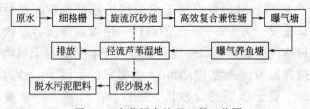

图 5-3　东营污水处理工程工艺图

5.3.5　污水处理单元设计

(1) 细格栅

采用机械自动清污格栅，栅隙宽 8mm，格栅宽度为

1400mm，用以去除污水中的大块污物，以防堵塞后续构筑物的管道、闸门等。细格栅共分为三个廊道，每个廊道内设自动清污细格栅1台，细格栅的运行根据栅前、后的水位差和时间两个因素来进行控制。每个廊道前后均设1400mm×1400mm的提板闸门，以便于单个廊道的检修和维护。每个提板闸门均配一电、手动启闭机。细格栅的后面设带宽为0.5m的皮带输送机一架，用以运送栅渣。

技术参数：

按最大时流量计算，取流量变化系数为1.3，设计流量为5416.67m³/h，而每格设计流量 $Q=2708.33$m³/h；

单组栅宽：$B=1.40$m；

栅前水深：1.2m；

过栅流速：0.9m/s；

栅条间隙：8mm；

栅条宽度：10mm；

格栅安装角度为75°。

（2）沉砂池

设2座旋流沉砂池，每座沉砂池进水廊道前设一1000mm×600mm的插板闸门，出水廊道后设一2000mm×600mm的插板闸门，以便于单池的检修与维护。在总出水井出口处设一 $B=2000$mm 的堰门，用以调节沉砂池内的水位。每座沉砂池顶均设一搅拌机以用于有机物与无机物的分离，搅拌机的转速为13r/min。底部沉砂由设于沉砂间内的砂泵送至设于顶层的分砂机，进行砂水分离。砂泵规格为 $Q=36$m³/h，$H=9$m。分砂机规格为 $Q=43.2$m³/h。此外，在沉砂间内还设两台移动式空压机，规格为 0.30m³/h，$H=7$kg/cm²。用于排砂前向沉砂斗内鼓送压缩空气，以搅拌沉砂。

技术参数：

设 2 座旋流式沉砂池，按最大时流量（$Q=5416.67\mathrm{m}^3/$h）设计；

单座沉砂池设计流量 $Q_1=2708.34\mathrm{m}^3/\mathrm{h}$，直径为 $D=4.87\mathrm{m}$；

有效容积：$V_1=33.27\mathrm{m}^3$；

有效水深：$h=2.11\mathrm{m}$；

集砂斗直径为：$d=1.5\mathrm{m}$，深度为 $2.2\mathrm{m}$；

水力停留时间：（HRT）约为 44s。

(3) 高效复合兼性塘

高效复合兼性塘平行地分为 4 组，并联运行；每组单元塘分为前、后两格，串联运行。单组设计水量 $Q=1042\mathrm{m}^3/$h，水力停留时间 HRT=1.46d；

在前部进水端设配水渠道。旋流沉砂池出水经巴氏计量槽至配水渠道。渠道宽 1.2m，有效水深 1.0m。为保证处理系统分为两组并联运行，在配水渠进水口左右两侧各设 1200mm×1200mm 铸铁方形闸门。

在塘内加设多面体空心球形填料，在填料上形成生物膜，增加了厌氧塘中的生物量，能使复合式厌氧塘的 COD 和 BOD 的年平均去除率分别增加 29％和 32％。并且提高了厌氧塘的抗冲击负荷能力。

(4) 曝气塘

单元参数：

曝气塘分为四组，单组设计水量 $Q=1042\mathrm{m}^3/\mathrm{h}$；

水力停留时间 HRT=1.29d；

单元塘长宽比 2∶1；单塘平均宽 66.31m，长 133.37m；

有效水深 3.6m，超高 0.4m；

采用高效曝气机，HEX-I 型双螺旋抽提辐射式高效曝气混合机。每个单元曝气塘交错布置 4 台，为此曝气塘中共设置 16 台高效曝气机。

出水至曝气养鱼塘，采用涵洞形式，涵洞中心距坝顶 2.3m。每组曝气塘出水处开 4 个 600mm×600mm 的涵洞，涵洞中心间距 13.42m.

(5) 曝气养鱼塘

曝气塘出水，进入养鱼塘中进行进一步净化处理。在生物好氧降解和同化过程中，产生一定量的活性污泥，在不放养鱼的情况下，它们将沉积塘底，并将随运行时间的延长而堆集成越来越厚的底泥层，它将厌氧腐化发臭，对上层水造成二次污染，而放养鱼类，尤其杂食性鱼种如鲤、鲫、泥鳅等，它们喜欢捕食蛋白质含量高的活性污泥和脱落的生物膜，而促其生长，结果是泥去鱼肥，一举两得。使塘系统的污泥实现零排放。

单元参数：

设计水量 $Q=10$ 万吨/天；

水力停留时间 HRT＝8.6 天；

有效面积为 23.24 公顷，有效水深为 3.5m；

为了便于清淤、维修，曝气养鱼塘分为两组并联的处理单元；

因该养鱼塘水深 3.5m，通过藻类光合产氧只能解决表层 1～1.5m 水深的溶解氧浓度（≥4mg/L）保障鱼类生存，但 1.5m 以下处于缺氧或厌氧状态，难以使鱼类正常生活，因此需要利用机械曝气充氧，为此设置 HEX-I 型高效曝气－混合机，以实现复合式高效曝气和上、下水层交替转换混合，以使全塘水的溶解氧保持在 4mg/L 以上，使放养的鱼能在塘的整个空间自由活动，完成其净化污水的作用。

每个单元塘中交错布置 4 台曝气机，共需 16 台。

(6) 芦苇湿地

该湿地为半自然半人工地表径流湿地。湿地利用原有的稻田改造而成，净化水质，使出水优于 1B。湿地面积合计约为 37.18hm²，由道路和渠道共同分割成 6 部分。湿地有效水深为 0.5m，水力停留时间为 1d。

5.3.6 工程总投资运行成本

工程总投资 6775 万元，吨水运行成本低于 0.1 元/吨。

5.3.7 运行效能

见表 5-9。

表 5-9 东营污水处理工程运行效能表

水量 10 万吨/天		COD /(mg/L)	BOD /(mg/L)	SS /(mg/L)	NH_3-N /(mg/L)	TP /(mg/L)	TN /(mg/L)
进水	最高值	351	160	400	25	1.5	58.9
	最低值	150	69	240	10	1.0	36.2
	平均值	250	114.5	340	17.5	1.25	40.5
曝气塘出水	最高值	55	18	35	10	0.65	27.8
	最低值	16	10	10	6.7	0.45	12.7
	平均值	45	6.6	12	8	0.50	12.5
湿地出水	最高值	40	11	12	6	0.9	20.2
	最低值	15	3	2.5	0.98	0.86	7.3
	平均值	20	2.5	6.6	1.2	0.12	8.5
去除率/%	最高值	95.5	95	97.4	88.2	80	69
	最低值	80.12	88.5	86.9	79.8	70.6	59.8
	平均值	90	95.7	96.2	93.5	92.6	80

参考文献

[1] 刘育,夏北成.不同植物构成的人工湿地对生活污水中氮的去除效应 [J].植物资源与环境学报,2005,14(4):46-48.

[2] 李旭,张旭,薛玉.沸石芦苇床除氮中试研究 [J].环境科学,2003,24,(3):158-160.

[3] Niels P R,Jacob P J,Lars P N. Nitrogen transformations in microenvironments of river beds and riparian zones [J]. Ecological Engineering,2005,24:447-455.

[4] Matheson F E,Nguyen M L,Cooper A B,et al. Fate of ^{15}N-nitrate in unplanted,planted and harvested riparian wetland soil microcosms [J]. Ecological Engineering,2002,19:249-264.

[5] WieXner A,Kappelmeyer U,Kuschk P,et al. Influence of the redox condition dynamics on the removal efficiency of a laboratory-scale constructed wetland [J]. Water Research,2005,39:248-256.

[6] Arthur F. M. Meuleman,Richard van Logtestijn,Gerard B. J. Rijs,et al. Water and mass budgets of a vertical-flow constructed wetland used for wastewater treatment. Ecological Engineering,2003,20(1):31-44.

[7] Silyn-Roberts G,Lewis G. *In situ* analysis of *Nitrosomonas* spp. In wasterwater treatment wetland biofilms [J]. Water Research,2001,35(11):2731-2739.

[8] Karathanasis A D,Potter C L,Coyne M S. Vegetation effects on fecal bacteria,BOD,and suspended solid removal in constructed wetlands treating domestic wastewater [J]. Ecological Engineering,2003,20:157-169.

[9] Lei Yang,Hui-Ting Chang,Mong-Na Lo Huang. Nutrient removal in gravel-and soil-based wetland microcosms with and without vegetation [J]. Ecological Engineering,2001,18:91-05.

[10] 曹向东,王宝贞,蓝云兰等.强化塘-人工湿地复合生态塘系统中氮和磷的去除规律 [J].环境科学研究,2000,13(2):15-20.

[11] Wang N M,William J M. A detailed ecosystem model of phosphorus dynamics in reated riparian wetlands [J]. Ecol Eng,2000,126:101-130.

[12] 吴振斌,梁威,成水平.人工湿地植物根区湿地底质酶活性与污水净化效果及其相关分析 [J].环境科学学报,2001,21(5):622-624.

[13] Kim S Y,Geary P M. The impact of biomass harvesting on phosphorus uptake by wetland plants [J]. Wat Sci Tech,2001,44(11-12):61-67.

[14] 俞慎,何振立,黄昌勇.重金属胁迫下湿地底质微生物和微生物过程研究进展 [J].应用生态学报,2003,14(4):618-622.

[15] Gwenaelle Olivie-Lauquet, Gerard G, Aline D, et al. Release of trace elements in wetlands: role of seasonal variability [J]. Water Research, 2001, 35 (4): 943-952.

[16] 何池全, 李蕾, 顾超. 重金属污染湿地底质的湿地生物修复技术 [J]. 生态学杂志, 2003, 22 (5): 78-81.

[17] 谢丹超. 湿地修复工程中水生植物对重金属 Cu、Zn 污染 [D]. 杭州: 浙江大学, 2005.

[18] 崔妍. 芦苇对湿地重金属吸收的研究 [D]. 大连: 大连海事大学, 2005.

[19] 王金达, 刘景双, 于君宝等. 沼生植物过渡金属元素含量季节变化特征——以三江平原典型湿地植物为例 [J]. 地理科学, 2003, 23 (2): 213-217.

[20] 安永会, 张福存, 姚秀菊等. 黄河三角洲水土盐形成演化与分布特征 [J]. 地球与环境, 2006, 34 (3): 65-70.

[21] 宋玉民, 张建锋, 邢尚军等. 黄河三角洲重盐碱地植被特征与植被恢复技术 [J]. 东北林业大学学报, 2003, 31 (6): 87-89.

[22] 刘庆生, 刘高焕, 薛凯等. 近代及现代黄河三角洲不同尺度地貌单元湿地底质盐渍化特征浅析 [J]. 中国农学通报, 2006, 22 (11): 353-359.

[23] 翁永玲, 宫鹏. 黄河三角洲盐渍土盐分特征研究 [J]. 南京大学学报: 自然科学版, 2006, 42 (6): 602-607.

[24] 关元秀, 刘高焕, 王劲峰. 基于 GIS 的黄河三角洲盐碱地改良分区. 地理学报, 2001, 56 (2): 198-205.

[25] 赵可夫, 冯立田, 张圣强等. 黄河三角洲不同生态型芦苇对盐度适应生理的研究 Ⅱ. 不同生态型芦苇的光合气体交换特点 [J]. 生态学报, 2000, 20 (5): 795-800.

[26] 郗金标, 张福锁, 陈阳等. 盐生植物根冠区湿地底质盐分变化的初步研究 [J]. 应用生态学报, 2004, 15 (1): 53-58.

[27] 丁成, 王世和, 杨春生. 造纸废水滩涂芦苇湿地处理系统中钠的分布特征 [J]. 中国造纸, 2005, 24 (3): 24-26.

[28] 罗廷彬, 任崴, 李彦. 咸水条件下干旱区盐渍湿地底质盐分变化研究 [J]. 湿地底质, 2006, 38 (2): 166-170.

[29] 陈效民, 白冰, 黄德安等. 黄河三角洲海水对湿地底质盐碱化和导水率的影响 [J]. 农业工程学报, 2006, 22 (2): 50-53.

[30] 陈效民, 白冰, 蔡成君. 黄河三角洲海水对湿地底质性质的影响研究 [J]. 水土保持学报, 2004, 18 (1): 19-20.

[31] 唐娜, 崔保山, 赵欣胜, 黄河三角洲芦苇湿地的恢复 [J]. 生态学报 2006, 33 (8): 2616-2624.

[32] Wang L., Peng J. F., Wang B. Z. Performance of a combined system of ponds and constructed wetlands for wastewater reclamation and reuse. Wat. Sci. Tech. 2005, 12 (51): 315-323.

[33] 吴展才，余旭胜，徐源泰等．采用分子生物学技术分析不同施肥湿地底质中细菌多样性[J]．中国农业科学，2005，38（12）：2474-2480.

[34] 周虹霞，刘金娥，钦佩．外来种互花米草盐沼湿地底质微生物 16SrRNA 特征分析——以江苏省潮间带为例[J]．云南农业大学学报，2006，21（6）：799-806.

[35] 殷峻，闻岳，周琪．人工湿地中微生物生态的研究进展，环境科学与技术，2007，30（1）：108-112.

[36] 项学敏，宋春霞，李彦生等．湿地植物芦苇和香蒲根际微生物特性研究[J]．环境保护科学，2004，30（124）：35-38.

[37] 樊盛菊，齐树亭，武洪庆等，盐生植物根际对湿地底质中微生物数量和酶活性的影响．河北大学学报：自然科学版，2006，26（1）：38-41.

[38] 叶淑红，王艳，万惠萍等．辽东湾湿地微生物量与湿地底质酶的研究[J]．湿地底质通报 2006，37（5）：897-901.

[39] 林学政，沈继红，刘克斋等．种植盐地碱蓬修复滨海盐渍土效果的研究[J]．海洋科学进展，2005，23（1）：99-108.

[40] 周虹霞，刘金娥，钦佩．外来种互花米草对盐沼湿地底质微生物多样性的影响——以江苏滨海为例[J]．生态学报，2005，25（9）：2304-2311.

[41] 杨磊，贺学礼．芦苇根际 AM 真菌生态学研究[J]．河北农业大学学报，2006，29（3）：29-33.

[42] 赵先丽，周广胜，周莉等．盘锦芦苇湿地湿地底质微生物初步研究[J]．气象与环境学报．2007，23（1）：30-33.

[43] 吴振斌，周巧红，贺锋，等．构建湿地中试系统基质剖面微生物活性的研究[J]．中国环境科学，2003，23（4）：422-426.

[44] 赵先丽，周广胜，周莉等．盘锦芦苇湿地湿地底质微生物特征分析[J]．气象与环境学报．2006，22（4）：64-67.

[45] Michele B, Byron CC, Vanja KC, et al. molecular characterization of sulfate-reducing bacteria in a New England salt marsh [J]. Environmental Microbiology, 2005, 7: 1175-1185.

[46] Holmer M, Storkholm P. Sulfate reduction and sulfur cycling in lake sediments [J]. Freshwater Biology, 200146: 431-451.

[47] 殷峻，闻岳，周琪，等．人工湿地中微生物生态的研究进展[J]，环境科学与技术．2007，30（1）：108-112.

［48］刘存歧，王伟伟，李贺鹏等．湿地生态系统中湿地底质酶的研究进展［J］．河北大学学报：自然科学版，2005，25（4）：443-448.

［49］Shackle V，Freeman C，Reynolds B，et al，Exogenous enzyme supplements to promote treatment efficiency in constructed wetlands［J］．Science of the total environment，2005，1-7.

［50］李智，杨在娟，岳春雷等．人工湿地基质微生物和酶活性的空间分布［J］．浙江林业科技［J］．2005，25（3）：1-5.

［51］李传荣，许景伟，宋海燕等．黄河三角洲滩地不同造林模式的湿地底质酶活性［J］．植物生态学报，2006，30（5）：802-809.

［52］周巧红，吴振斌，付贵萍等．人工湿地基质中酶活性和细菌生理群的时空动态特征［J］．环境科学 2005，26（2）：108-112.

［53］谭大海，沙伟，张莹莹．芦苇盐胁迫下渗透调节物质含量变化研究［J］．齐齐哈尔大学学报．2006，22（2）：84-85.

［54］全先庆，张渝洁，单雷等．高等植物脯氨酸代谢研究进展［J］．生物技术通报 2007（1）：14-18.

［55］Miyamoto S，Arturo Chacon，et al，Soil salinity of urban turf areas irrigated with saline water［J］．Landscape and Urban Planning．2006，77：28-38.

［56］Alan J. Lymbery，Robert G. Doupé. Bennett Thomas，et al. Efficacy of a subsurface-flow wetland using the estuarine sedge Juncus kraussii to treat effluent from inland saline aquaculture［J］．Aquacultural Engineering，2006，34（1）：1-7.

［57］Christian R S，Sabine W，Arnulf M. A Combined System of Lagoon and Constructed Wetland for an Effective Wastewater Treatment. Water Research. 2003，（37）：2035-2042.

［58］Porrello S，Ferrari G，Lenzi M，Persi E. Ammonia variations in phytotreatment ponds of land-based fish farm wastewater. Aquaculture. 2003，219：485-494.

［59］Zimmo O R，Van D S，Gijzenb H J. Comparison of Ammonia Volatilisation Rates in Algae and Duckweed-based Waste Stabilization Ponds Treating Domestic Wastewater. Water Research. 2003，（37）：4587-4594.

［60］Zimmo O R，Van D S，Gijzenb H J. Nitrogen Mass Balance across Pilot-Scale Algae and Duckweed-based Wastewater Stabilization Ponds. Water Research. 2004，（38）：913-920.

［61］C. Allan. Quebec 2000：Millennium Wetland Event Program with Abstracts. Canada，2000，8：12-56.

［62］梁继东，周启星，孙铁珩．人工湿地污水处理系统研究及性能改进分析．生态学杂志．2003，22（2）：49-55.

[63] Scott W E. Engineered Wetlands Lead the Way. Features Available Online. 2004, 5 (48): 13-16.

[64] Knight R L, Kadlec R H. Constructed Treatment Wetlands-A Global Technology, Water 21. 2000, (6): 57-58.

[65] Joris D V. Bamboo in Constructed Wetlands. INBAR. 2003, 1 (10): 4-5.

[66] 姜翠玲，崔广柏．湿地对农业非点源污染的去除效应．农业环境保护．2002, 5 (21): 471-473.

[67] 籍国东，孙铁珩，李顺．人工湿地及其在工业废水处理中的应用．应用生态学报．2002, 2 (13): 224-228.

[68] 梁葳．构建湿地基质微生物与净化效果及相关分析．中国环境科学．2002, 22 (3): 282-285.

[69] Shackle V J. Carbon Supply and the Regulation of Enzyme Activity in Constructed Wetlands. Soil Biology & Biochemistry. 2000, (32): 1935-1940.